LOCURA CIRCULAR

Literaturas

LOCURA CIRCULAR

Martín Lombardo

los libros del lince

Diseño de cubierta: Lucrecia Demaestri
Diseño de interior y edición: BSK
Fotografía de cubierta: © Ibai Acevedo (http://ibaiacevedo.com)

Fotocomposición: gama, sl.
Impresión y encuadernación: Thau, S.L.

Primera edición: marzo de 2010
© Martín Lombardo, 2010
© Los libros del lince, s.l., 2010
Enrique Granados, 135, ático 3.ª
08008 Barcelona
www.loslibrosdellince.com
info@loslibrosdellince.com

ISBN: 978-84-937562-4-6
Depósito legal: B. 4348-2010

panoramas

Lo único que me aferraba al suelo eran las ruedas del avión. Una vez que la máquina despegó, nada. Más tarde, aterricé en Europa y busqué dónde vivir. El equipaje: los cds de Charly García y una guitarra. Para más datos, eléctrica. Pasé por varias ciudades. Al final, Barcelona. Alojamiento: difícil de conseguir. Más bien, diría, casi imposible. Con el tiempo ese tema cambió: se volvió directamente imposible. Hasta que me instalé en donde estoy ahora, el Raval. Se conoce gente. Y mientras tanto, sobrevivo.

En el piso de abajo vive un argentino. Escritor, dicen. Es mejor ser músico. Yo soy músico. Los escritores son pedantes y aburridos. El escritor no es de salir mucho. Y de hablar, menos. Tipo raro. Es el único en todo el edificio del que no conozco el nombre. Todos le dicen el escritor.

A Neurus le digo Neurus porque se parece a Neurus. Al Estrecho, Estrecho porque se apellida Magallanes. No viven en el edificio. Ellos son amigos, colegas. Tocamos juntos. Ellos no conocían *realmente* a Charly García. Yo soy el único que *realmente* conoce y entiende la música de Charly García. Les hice escuchar todos los discos al Estrecho y a Neurus. No se coparon lo suficiente. Yo, en cambio, cuando lo escucho esquizofrenizo. Ellos no esquizofrenizan por nada. Tocan porque saben tocar. Y a veces hasta lo hacen muy bien. Pero para ser músico, para ser un músico de veras, hay que esquizofrenizar con algo.

El Estrecho es chileno. El apellido le cabe. Neurus es de algún lado de América del Sur. Opciones que barajo: Argentina, Chile, Uruguay. Tiene un acento particular. ¿Uruguayo? Creo que sí. No puede ser de otro lado. Sobre todo, porque a Neurus no le gustan los latinoamericanos. Él rechaza todo lo que sea latino. Así que debe de ser o chileno o argentino o uruguayo. No hay otra. ¿Argentino, entonces? Neurus no quiere decir de dónde es. ¿Por qué? Vaya a saber uno. Quizás ni él lo sepa. No quiere decirlo para hacerse el interesante. Neurus es un tipo raro. Habla poco. Pero sabe tocar. Y cuando tocamos los tres —el Estrecho, Neurus y yo— la cosa pinta bien.

Lo que ves es lo que hay, Charly dixit. La cueva en donde vivo no es muy grande. Ínfima, diría. Exagerando: uno solamente entra parado. Cuando me acuesto, a veces, tengo la sensación de que los pies se van a salir por la ventana. Eso sí, tiene buena vista. Y es por eso, supongo, que es tan caro vivir en este lugar. Veo la plaza del Raval. ¿Cómo se llama la plaza? Ni idea. En realidad, ni siquiera es una plaza. Es, mejor dicho, algo parecido a una plaza. Como no sé de qué forma llamar a la plaza, le digo plaza. Y listo. Muebles, no hay. Un colchón tirado en el suelo y al lado la guitarra. En la cocina, además de mugre, hay alguna que otra cosa para cocinar. A veces en el piso merodea algún amigo. O vecino. Neurus y el Estrecho, los que más vienen. Incluso, hasta tocamos algo. Bajito, para no molestar. Pero tocamos. Salen cosas copadas. Al lado de la guitarra hay un teclado. Lo encontré tirado en la calle. Lo tuve que arreglar. Y ahora anda bien. La cosa funca. Me doy maña para arreglar artefactos.

Todo sucede en la infancia. Después, *say no more*, Charly dixit. O sea, que las melodías aparecen cuando uno es un crío. Cada una de las melodías que, poco a poco, nos vienen a la cabeza, en realidad, las inventamos en la infancia. Charly inventó una sola canción. Los discos de él son fragmentos de esa canción. Y las canciones de sus discos, fragmentos de los fragmentos. *No es la misma canción de dos por tres*, Charly dixit. Es la única canción. Basta escuchar la melodía del saxo de *Kill My Mother* para darse cuenta de que es igual al estribillo de *El día que apagaron la luz.* Una y la misma cosa. Al igual que *De mí* y *Canción del indeciso*. En *Terapia intensiva* se escucha *Zocacola* y *El rap de las hormigas*. Y así ad infinitum. *La canción sin fin*, Charly dixit. En la música no existe la linealidad temporal. La cronología se hace añicos. La música es algo fragmentario. O el arte de combinar los sonidos, que le dicen. Y los silencios. Los silencios no son fragmentarios, son constantes. El sonido es fragmentario porque irrumpe en el silencio constante. La música es interrupción. El Estrecho no entiende nada de lo que digo. Él toca. Quiere ser músico de sesión. Lo que busca es ganar dinero. Dinero asegurado. Y entonces a veces escucha música aburrida para aprender a tocar bien y llegar a ser músico de sesión. Pero él no piensa. El Estrecho no piensa en la música y en los silencios. Yo sí. Pienso, luego escucho. Pienso, luego toco. Hacer música después de pensar, esa es la cuestión. Y como el Estrecho no piensa no entiende lo que digo. Ni siquiera entiende lo que él mismo dice. Para ser un gran músico es necesario esquizofrenizar. Hay que esquizofrenizar para esquizofrenizar a los demás. Locura circular. Neurus apenas habla. Un hombre callado el tal Neurus. Neurus es el silencio y el Estrecho el fragmento. Yo combino las dos cosas. Paso muchas horas en silencio en la cueva en la que vivo. Las otras horas escucho música.

Esquizofrenicé desde el primer momento en que la vi. Después, la mujer se quitó el sweater y quedaron los hombros al descubierto. *Ella se desnuda y se desviste tan lésbicamente, que no puedo dejar de sonreír*, Charly dixit. Yo sonreía en la ventana. ¿Era la hierba o la mujer?[1] Ella llevaba pantalones negros y amplios, remera roja y el pelo lleno de rastas. Nombre: todavía desconocido. Poco importa. *La llave que yo tengo puede abrir tan solo el corazón de los extraños*, García dixit. Ya se sabrá el nombre de la mujer de las rastas. Música de fondo que hubiera sido adecuada: *Pubis angelical*. Hora: amanecer. Día de sol. Yo creo que todavía no me había acostado. Ubicación de la mujer en cuestión: parada en la esquina de la plaza. Se la veía bien desde la ventana. Yo estaba fumado. Quizás fuera eso lo que me esquizofrenizó. Re-

1. El cannabis de acá no es igual a la marihuana de allá.

cién es el principio. Ya sabré más de ella. Mientras tanto, me siento delante del teclado. Tengo ganas de tocar.

Abajo, en el piso que está al lado del piso del escritor, vive un hombre ciego. En el edificio se tienen noticias de él a través de Teodora. Teodora es la mujer que hace la limpieza en el depto del ciego. Ella tiene que cuidarlo. ¿Quién contrató a Teodora? Ni ella lo sabe. El ciego a veces grita y Teodora dice que está loco. Creo que la mujer que le hace la limpieza al ciego le tiene miedo al patrón. Ella está loca por trabajar para un loco. Pero no hay muchos trabajos. Así que ella acepta resignada lo que le tocó en gracia —o desgracia— y entra en la casa del ciego. Le lleva comida y limpia el lugar. Tiene orden de no hablarle. *Ey, todo el mundo, sirvan al rehén. Denle lo que pida, también denle de comer. Cuiden sus pastillas, tengan el control,* Charly dixit. El ciego juega al escondite. No quiere que la mujer lo vea. El tipo se esconde en los armarios, debajo de la mesa, en el baño. El piso no es muy grande, así que no hay demasiados escondites. Dicen que el ciego, hace muchos años, tuvo dinero. La mujer nunca tuvo dinero. Y el poco dinero que junta lo envía a Perú. Es que ella es de allá y la familia necesita el dinero. Teodora, la peruana, mira al ciego cuando el ciego se esconde pero ella hace como si no lo viera. El ciego no quiere que nadie lo vea. Si él no ve, entonces, él no quiere que nadie lo vea. Ser visto sin poder ver ni verse es un acuerdo desproporcionado. Yo comparto esa idea del ciego. Aunque me dé lástima la peruana. La peruana es buena mina. *No está bien y no está mal. No está loca, tampoco es normal. Ella es un gran rehén,* García dixit. Hoy al mediodía salí del piso y bajé por las escaleras. El ascensor nunca funciona. Tendría que darme maña y arreglarlo. Pero no me dejan. No sé por qué no me dejan arreglar el ascensor. Pero la cuestión es que hoy al mediodía el ascensor no funcionaba y tuve que bajar por las escaleras. Teodora lloraba en la puerta de la casa del ciego. Ella terminaba de trabajar. Le dije algo a la peruana. Apenas si me contestaba. *Estás buscando direcciones en libros para cocinar, estás mezclando el dulce con la sal; vas procurando informaciones en unas cajas de metal, estás comprando el mundo en un bazar. Mirando superhéroes, superstarts; te sientes superloca, supermal,* Charly dixit. Yo pensaba, ella lloraba. Después Teodora dijo algo. A veces se le da por llorar. Y otras, por contarme historias. Hoy Teodora me contó una historia. Su madre, me dijo Teodora, es asesina. Era maestra pero la internaron en un neuropsiquiátrico cuando, una mañana, después de despertarse y caminar hasta el baño, parió un niño al que, luego, arrojó por la ventana. ¿Aborto post nacimiento? *Hay un bebé en el espacio, nació en la ingravidez,* García dixit. Los médicos dijeron que la madre de Teodora estaba loca y la madre de Teodora aseguró que ella nunca estuvo embarazada y que quería volver a trabajar de maestra. Los estudios de sangre desmintieron a la madre. Los psiquiatras la diagnosticaron como esquizofrénica y preguntaron a la familia de Teodora si nadie se había dado cuenta de que la mujer estuvo embarazada. La familia de la peruana dijo que la mujer era gorda y que el embarazo había pasado desapercibido. Teodora se fue lejos de la madre. Ahora la peruana le tiene miedo a la madre. Y hoy a la mañana Teodora se enteró de que la semana pasada la madre murió en Lima. De todos modos, ella me dijo que todavía le sigue teniendo miedo a la madre. Yo le di un beso en la mejilla a Teodora y salí del edificio.

Andan, García dixit. Nos miran mal. Y los europeos, peor. Somos extranjeros. En realidad, no somos extranjeros. Aunque lo seamos, no lo somos. Eso sí, hablamos raro. Yo, al menos, dicen que hablo raro. No me doy cuenta. Dicen que mezclo palabras. Yo creía que inventaba palabras. En la rambla hay un montón de tipos y de minas de los nuestros. Ni extranjeros ni del lugar. Estamos en todos lados. Somos los asesinos de la lengua. Llegan noticias de que en París hubo un revuelo. *Ya ves, no somos ni turistas, ni artistas de sonrisa y frac, formamos parte de tu realidad,* García dixit. Yo procuro no enterarme de nada de lo que pasa. Sin embargo, siempre fallo en el intento. Aunque esté enfrascado en mis cosas, alguien viene y me dice lo que pasa. Y algunas veces hasta hay quienes dicen lo que pasará. *Lo que vendrá,* Charly dixit. No les creo. *Desprejuiciados son los que vendrán. Y los que están ya no me importan más,* Charly dixit. Me quedo pensando en lo que escucho por ahí. A veces la voz que suena en la cabeza se me confunde y entonces no sé si esa voz me habla a mí o yo, a través de esa voz, le estoy hablando a alguien imaginario. Es difícil pensar sin armar un diálogo imaginario. Al menos, para mí es difícil. El problema es que a veces no sé quiénes son los que hablan en ese diálogo. O, para ser más preciso, no sé cuál soy yo entre esas dos puntas del diálogo. Tal vez no sea ninguno de los dos. O los dos al mismo tiempo. Tampoco me importa mucho. La mayor parte del tiempo, en lugar de una voz en mi cabeza, hay música. Y yo susurro canciones.

Estamos como el amor que se echa a perder, violando todo lo que amamos para vivir, Charly dixit. Lucrecia cruza la puerta del piso. Está triste. Se resiste. De todos modos, nos acostamos. Después, ella llora. Se enoja porque no hablo. Yo, mientras, pienso. Cada tanto, silbo. No canto. Nunca canto. A menos que esté arriba de un escenario. En cualquier otro lugar y ante cualquier otra persona es vergonzoso cantar. Y más, delante de Lucrecia. Me doy cuenta de que con ella se terminó. Me deprimiré durante unos meses. Quizás, durante ese tiempo, nos volvamos a ver. Si nos volvemos a ver, nos vamos a acostar. Cada vez que nos acostemos yo pensaré que será la última vez. Pero la verdadera última vez con Lucrecia ha sido esta. Y por más que yo quiera retener algo de este momento, no voy a poder retener nada. Todo se esfumó. Una punzada en el estómago, algo de angustia, un nudo en la garganta, temblor en las piernas: síntomas de la debacle. Seguro que nos vamos a ver durante los meses del bajón. Más tarde, jamás. *Desaparecer es como sonreír,* Charly dixit. Mejor dicho, tendrá que pasar el tiempo necesario para que pueda volver a ver a Lucrecia. Tendré que cambiar los lugares que frecuento. *Jamás me encontrarás de nuevo aquí. Sé que hubo una traición, hubo un engaño,* Charly dixit. Las minas son proclives a los encuentros casuales. C'et fini mon amour. Au revoir. Se acabó la ilusión. Fui feliz mientras duró. Vos también vas a estar bajoneada, si no me ofendería. Es el último detalle que podés dedicarme, así que no te olvides. Después, *todo el mundo quiere olvidar,* García dixit. Menos yo. Yo no olvido. Lucrecia, al lado mío y desnuda, se enoja porque no le digo nada. «Así no puedo. Contigo no hay caso, cariño. Nunca dices nada. ¿Te has dado cuenta de que soy la única que dice las cosas?» Yo, mutis por el foro. Una vez que Lucrecia cruce la puerta, voy a poner música. ¿Miles Davis será adecuado para este momento? *Sketches from Spain* vendría bien. Casi, diría, es un tema ad hoc. Por el momento, Lucrecia, está hecha una fula. Se pone de pie, se viste y encara hacia la puerta. Antes de cruzar la puerta se da media vuelta y me mira a los ojos. Espera un último gesto. Caballero como soy, capto la sutileza. Así que me pongo de pie, me visto a las apuradas y la acompaño hasta la puerta del edificio. Una lástima, hubiera preferido que ella se fuera sola y que yo me levantara, fuera a la ventana y la mirara alejarse sola por la plaza del Raval. Incluso, hasta podría encender un cigarrillo y verla hasta que se perdiera en el horizonte. Un poco cursi, reconozco. Aunque me hubiera gustado que se diera de esa manera. Sin embargo, a veces la vida nos hace algunas putadas y, por ejemplo, nos quita la posibilidad de vivir una escena cinematográfica. (Aclaro, por si hiciera falta: no soy Humphrey Bogart. Ni siquiera pertenezco a la generación a la que engatusó ese tipo.) En la puerta del edificio la cosa es diferente: besos —entre tiernos y desesperados—, caricias en las mejillas, ojitos tristes de la quía en cuestión y, luego, para finalizar, el consabido abrazo prolongado. «Cuídate», dice Lucrecia, y yo le digo «vos también». Lo digo sin ganas, sin convicción. Después, un triste «chau» o, en este caso, para hacerle honor a la tierra, «adéu». Y ya está. Ahora, el bajón.

El Estrecho vino a buscarme. Neurus nos espera para ensayar. Y yo hace días que no salgo del piso. *Yendo de la cama al living sientes el encierro*, Charly dixit. El Estrecho me pregunta cuánto tiempo llevo sin comer. Unos días sin probar bocado. Solo café y algo de whisky. Es curioso, pero esta vez no tuve una pronunciada inclinación por el alcohol. Tampoco es mi récord de ayuno. Ergo, ¿no estoy tan triste? De todos modos, el Estrecho parece preocupado. ¿Soy cursi? ¿Por qué será que el amor y el desamor son kitsch? En este mundo se perdió el humor y la sensibilidad. Antes del ensayo, vamos a pasear. Así anuncia el Estrecho. Y yo lo sigo. No estoy en condiciones de contradecir a nadie. Cargamos los instrumentos y salimos de la cueva. Es un día de sol y el mercado paralelo al mercado de San José está repleto de gente. ¿El nombre del mercado paralelo? Ni idea. Llevo el tiempo suficiente en el Raval para saberlo, pero no lo sé. Solo sé que la mayor parte de la gente se pasea en túnica. Son árabes, dicen. El resto, turistas. Y los turistas compran cosas raras: golosinas de menta y hierbas curativas. Yo no tengo idea si hoy es jueves y si, por lo tanto, hay mercado. Pero el Estrecho dice que sí y yo le creo al Estrecho. *Yo sé que soy un amable traidor. Pero alguien en el mundo piensa en mí*, Charly dixit. El Estrecho y Neurus están preocupados porque el sábado tenemos que tocar con la banda. Somos el Estrecho, Neurus y yo, además de dos pibes que tocan el saxo y la guitarra. Nombre de la banda para esta ocasión: El Quinto Beatle Thoné. Solemos tocar en diferentes lugares y, según el lugar, hacemos temas diferentes. Para ganar dinero, covers y standards de jazz (es lo que nos exigen los dueños del pub). Y para divertirnos nosotros y dejar boquiabierto al público, temas nuestros. El verdadero talento siempre representa menores ingresos económicos. Con nuestros temas la gente esquizofreniza. Nosotros flipa-

16

mos. *Adrenalina*, Charly dixit. El nombre de la banda también varía. Nos gusta el cambio. Un solo nombre nos estancaría, nos fijaría a un estereotipo y nos quitaría libertad. O, tal vez, sea una excusa y, en realidad, no nos ponemos de acuerdo con el nombre de la banda y es por eso que lo vamos cambiando. En el mercado paralelo nos encontramos a Teodora, su amiga y el perro de su amiga. La amiga de Teodora es argentina. Antes, era argentino. O sea, que se travistió al llegar a España. El destape español, que le dicen. Y, para más datos, el argentino devenido argentina es lacaniana. Neurus, el Estrecho y yo le decimos La Travesti Lacaniana. Ella, feliz con el apodo, con Lacan y con España. La Travesti Lacaniana va de la mano de Teodora y escucha las cosas que la peruana cuenta acerca del ciego al que cuida. El perro de La Travesti está inquieto y ella, entonces, lo toma entre sus brazos. Una vez más, aclara que el perro no es un perro sino que es una perra. Una perra que, por lo tanto, se llama La Can. Mientras ocurre todo esto, Teodora, triste, habla de su trabajo. Al ciego se le dio por escribir. Teodora encontró un cuaderno. Ella se hizo la sota. Fingió no haber visto nada. ¿Qué es lo que leyó Teodora en el cuaderno? Ella no quiere decirlo. Y La Travesti Lacaniana está interesadísima en el asunto. Se quedó sin libros para leer y dice que los cuadernos del ciego loco pueden convertirse en algo parecido a lo que fueron para Freud las memorias de Schreber. A falta de pacientes, buenos son los cuadernos. «¡Y visca Lacan!» (y Cataluña, of course), dice La Travesti y la peruana no sabe si debe reír. En cualquier caso, Teodora no quiere contar lo que leyó en el cuaderno del ciego al que cuida. Como lo temía, el Estrecho invitó a las dos al concierto. A mí no me gusta invitar a la gente a mis conciertos. Quiero estar seguro de que van los músicos, lo demás, prefiero que sea azaroso. En realidad, cuanto menos público, más mítico se vuelve uno y, entonces, mejor se toca. En fin. De todos modos, el sábado El Quinto Beatle Thoné hará covers. O sea, será un concierto aburrido. El Estrecho piensa diferente acerca de las invitaciones y yo no quiero discutir con él. Sobre todo, porque no estoy de humor. Y cuando no estoy de humor no quiero discutir porque pierdo todas las discusiones. La Travesti Lacaniana, entusiasmada porque irá al concierto, cuenta que quiere juntar dinero para hacerse las tetas. Ella está acostumbrada a trabajar de cualquier cosa, así que se exigirá lo suficiente para financiar la operación y quedar espléndida para el próximo verano. *Y yo te digo ey, bancate ese defecto. Aunque te arregles las gomas, nena, seguirás siendo rara*, Charly dixit. En silencio, las miro a las dos y acepto que el Estrecho me lleve al ensayo. Es que hace calor y los instrumentos pesan, así que es mejor tirar hacia la sala en donde nos espera Neurus en lugar de estar parado debajo de los rayos del sol. Teodora, su amiga y la perra de su amiga se quedan en el mercado. Ellas pasean porque no tienen dinero para comprar nada. Nosotros —que nunca tenemos dinero para comprar nada porque tenemos que pagar nuestros alquileres y en eso se nos va todo el dinero que juntamos— nos alejamos y el Estrecho me comenta el plan de acción para llegar al recital en buenas condiciones.[1]

1. Aclaro que, dado que la mayoría del mundo considera inadmisibles mis inclinaciones musicales, no puedo compartir piso con nadie. Ergo, vivo solo y entonces pago más dinero por el alquiler.

Asiento con la cabeza a cada cosa que dice el Estrecho. Sin embargo, no escucho lo que me dice. Por la manera que tiene de caminar y por las prendas amplias que usa, el Estrecho parece una vela derretida. Se lo digo. No le hace gracia. En este mundo se está perdiendo el humor, una pena.

La sal no sala y el azúcar no endulza, Charly dixit. Y después, salimos a tocar. El Quinto Beatle Thoné, en esta ocasión, interpreta covers para que se diviertan los espectadores. O sea, un recital obvio que no divierte a nadie. Del aburrimiento me salvan dos acontecimientos. El primero: La Travesti Lacaniana en mitad de un tema se increpa con su chongo. El chongo, según es lo que parece desde el escenario, quiere dejarla. En realidad él nunca estuvo con ella, se entiende. El chongo es un hombre casado y un respetable padre de tres hermosos hijos. Así que él nunca aceptaría una relación con La Travesti. *Cuidando las formas por el qué dirán y haciendo el amor cada muerte de obispo. Y nunca atreverte a pedirle la mano por miedo a esa tía con cara de arpía*, Charly dixit. La Travesti Lacaniana no permite que el chongo la deje. *No estás completamente inventada*, Charly dixit. Y luego de la pequeña discrepancia entre la pareja, el público vuelve a prestar atención a la música. Sin embargo, cuando pensé que, luego de la pelea, caería en el absoluto letargo musical, un hecho azaroso me revitaliza: entre el público aparece la mujer de las rastas. Vestida de impecable negro se sienta en una mesa junto a un hombre que, por la forma en que la besa y la toca, deduzco que es su novio. Ese es el segundo acontecimiento que evita que me aburra. Ahora bien, una vez que termina el recital hago el balance de la aparición de la mujer de las rastas. Hecho positivo: tal vez, si el novio la deja respirar entre tantos besos y manoseos, de ahora en más ella me reconozca. Hecho negativo: tiene novio (y yo no soy el novio).[1] Cuando salgo de los bastidores y después de que la gente, semidormida, me felicite por el recital, busco a la mujer de las rastas. No sé qué decirle. *Así como estoy no puedo ir. Nadie me enseñó cómo sentir*, García dixit. Preguntarle si le gustó el recital no creo que sea una buena idea. ¿Hoy no doy lástima? A veces la suerte es relativa. La mujer de las rastas se ha ido. *La sombra llega y no espera. Se presenta y no te deja opción*, Charly dixit. Bebemos en el pub y, más tarde, todos juntos, los cinco integrantes de El Quinto Beatle Thoné y parte del público, nos vamos de tapas y de copas. ¿A bailar? Algo así. *Vamo a bailá. Me falta una pierna*, Charly dixit. Adrede, me emborracho. Es el objetivo de esta parte de la noche. Plan de acción para conseguir una buena borrachera: mezclar todo tipo de bebidas y parlotear a toda mujer que ande cerca —si es posible sacudir la cabeza luego de engullir las medidas de sal, tequila y limón correspondientes—. Buscar una mujer, siempre es la opción ideal. De todos modos, entiendo rápidamente que estoy borracho: ninguna mujer, luego de reírse de mí, escucha nada de lo que le digo. Y las luces me dan vueltas en la cabeza. La gente, a pesar de mi borrachera —y tristeza—, sigue con lo suyo. No somos nada, ¿vio? Y vos, menos, me dice una. Algunos tienen el mal tino de recordarme a Lucrecia. Me pre-

---

1. Prefiero no contabilizar como hecho negativo las canciones elegidas esta noche por El Quinto Beatle Thoné —por exigencia del dueño del pub: correctísimos standards de jazz.

guntan por ella. No contesto —¿por no llorar?—. Las mujeres se alejan de mí. Y las que se acercan solo me hablan de Lucrecia. O me miran y yo sé que me miran porque les doy pena. «El pobre no lo lleva bien», piensan. «A él le ha sentado peor que a ella», cuchichean. «Mira cómo se emborracha. Es que está hecho una pena», dicen. Yo las escucho y no las escucho. A los tipos les dura poco la conmiseración hacia mi persona, así que ellos van detrás de las mujeres que pululan por el lugar. En el fondo del recinto, contra los cristales y cerca de la barra, observo a La Travesti Lacaniana y a su chongo. *Dos tipos en un bar se toman las manos. Encienden un grabador y bailan un tango de verdad*, Charly dixit. Obvio, ni signos de la mujer de las rastas. (Y mucho menos, por suerte, de Lucrecia.) Observo el panorama de la situación. Ergo, primer objetivo cumplido: estoy borracho. ¿Obtuve la gracia de alguna damisela? Rotunda negativa. Pero al menos uno de los dos objetivos que me propuse ha sido alcanzado. No está mal. Cincuenta por ciento de efectividad. Así, puedo volver a la cueva y dormir. Mañana dolerá la cabeza y pensaré en la mujer de las rastas. Antes, lo sé, me acordaré de Lucrecia. *Alguien me llama por el maldito amor y no sé quién está aquí*, García dixit. La noche barcelonesa está encantadora —a pesar de los turistas y de mí—. Camino hacia la cueva. Las piernas me fallan. Entro al piso y pienso en Lucrecia y en la mujer de las rastas.

Fui a cortarme la pelambrera. Es mejor andar con el pelo bien corto cuando hace calor. *Un día se cortará el pelo. No creo que pueda dejar de tocar*, García dixit. Al salir de la peluquería aparece Neurus. En silencio, como siempre. Sin embargo, Neurus dice que está preocupado porque cada vez pasa más tiempo sin pronunciar palabra. El silencio es constante, Neurus, capicce? Pero yo no le digo nada. Lo dejo que hable. El hombre quiere descargarse y yo no tengo otra cosa que hacer más que escucharlo y, cada tanto, asentir con la cabeza. Si es necesario, le diré que lo suyo no es tan grave. De todos modos, a mí tampoco me gusta hablar y, entonces, ni siquiera lo tranquilizo. *No encuentro la magia en mi manera de hablar*, Charly dixit. Neurus, de pronto, sonríe y, luego, vuelve a callar. Caminamos hacia el Borne y después de tomar unas claras en un sitio perdido (y, of course, repleto de turistas), Neurus se va. «Me voy a tocar», dice Neurus. Bye bye, Neurus.[1] Por mi parte, tomo sol en la terraza y dejo pasar las horas. O los minutos. Porque con el magro pedido de unas claras a los dueños del bar no les causa simpatía que me quede mucho tiempo parasitándoles la mesa. O sea, que tendré que volver a la cueva y dejar la mesa libre para que la ocupe algún guiri ávido de paella recalentada. Pero como el día está soleado y yo, me lo han dicho, demasiado pálido, enfilo hacia la playa. *Todo el mundo en la ciudad es un suicida, tiene una herida y es la verdad. Quisiera ver ese mar al amanecer. Preciso tiempo para crecer. Quisiera ver ese mar y veo esta pared. Yo ya no sé qué hacer*, Charly dixit. Me siento en uno de los bancos y observo el panorama a cierta distancia. Las mujeres, en su mayoría, en tetas, y los hombres, obtusos, se pavonean en el mar y en la arena. Otros hacen algún deporte ridículo. Desde el banco en el

1. ¿Por qué la gente deprimida se me acerca, bebe conmigo unas copas y luego se va y me deja la cuenta para que yo la pague?

que estoy, los sonidos de la playa llegan lejanos y a destiempo. Es curioso. Niños en la arena: pocos (eso es una ventaja). El agua, fría, por supuesto —aunque, a decir verdad, ni me acerqué a chequear la temperatura—. No tomo coraje para arrojarme al agua. ¿Alfonsina? ¿Y el mar? Sigo en el banco y miro. *Pero si vas hacia el mar al amanecer, quizás extrañes a la pared. Somos estatuas de sal, queremos volver,* García dixit. ¿A qué hora anochece? Me pongo de pie y vuelvo al piso. En el camino, compro una bebida —cualquiera— en un supermercado chino. Me cobran caro. Sin embargo, sonrío, pago el importe y sigo mi camino.

La música viene en oleadas, oleadas de pateras ilegales. *Conozco esta ciudad, no es como en los diarios desde allá,* García dixit. Al llegar, la música se apodera de uno. El problema central es dilucidar si lo que viene en oleadas musicales tiene algún valor. ¿Y en las pateras? ¿Qué valor tiene aquello que viene en pateras? Continúo con el trabajo y barreno las olas de acordes, armonías y melodías. Hoy, encerrado en el piso, no hago más que tocar la guitarra y el teclado. Compongo. ¿No soy un extraño? Cada tanto, me acerco a la ventana y miro la plaza del Raval. Hay mucha gente. Lo que me inspira en Barcelona es la sirena de la policía. O de los bomberos. O de la ambulancia. Nunca aprendí a distinguirlas. ¿Aprendí algo de esta ciudad? La sirena me hace acordar al Inspector Clouseau. Y el Inspector Clouseau, a mi infancia. Y la música —placer de reiterarme— se condensa en la infancia. Después, *say no more,* García dixit. La música es fragmentaria. Siempre lo repito. Al igual que la memoria. El olvido es constante. Igual que el silencio. *Y todo el mundo quiere olvidar*, Charly dixit. Lo dije: yo no quiero olvidar. Pero más allá de las elucubraciones, el viernes hay una fiesta. En el piso dicen que quizás habrá un par de guitarras y algún que otro instrumento. ¿Batería electrónica? ¿Violines? ¿Chelos y arpas? Más modesto. Nos pidieron que hiciéramos «algo». Yo me niego a tocar. Si es fiesta, quiero ir de fiesta. Tocar es otra cosa porque la música es otra cosa. La música precisa de una especial predisposición a la esquizofrenización. La música no es sonido de fondo. No se trata de un puro acompañamiento. Quienes nos pidieron que toquemos seguro que aman los videos. Si te gustan los videos, no te gusta la música, ¿entendés? Regla de tres simple. La música ha muerto. Y las vanguardias también. *La vanguardia es así*, Charly dixit. Neurus y el Estrecho quieren tocar: es el problema de tocar en una banda y no ser —todavía— una estrella. El nombre de la banda para esta ocasión, dicen, será Nación Electrostática. Es que en la fiesta habrá música electrónica y, me dijo el Estrecho, la electrónica y la estática tienen puntos en común. Yo creo que al Estrecho se le quemó el bocho. Todos los que vivimos en esta ciudad tenemos un trip en el bocho. Y el trip es nuestro pasado, nuestra historia —y en Barcelona también es una plaza—. Pero al Estrecho ya no le quedan ideas en la cabeza. El Estrecho también me dijo que si la fiesta se vuelve autóctona el nombre del grupo será Chamameseando con un Chamán. La «ch» es la letra argentina. (Ejemplos en los que se sostiene mi afirmación anterior: trucho y chanta.)

Tocan el timbre. No abro. Suena el móvil. Ninguna respuesta de mi parte. Ni siquiera respondo a los mensajes de texto que inundan el móvil.[1] Un día antisocial, que le dicen. Es que prefiero tocar. *Están muertos*, Charly dixit. ¿Prefiero tocar o no puedo hacer otra cosa más que tocar? ¿O es el exceso de divismo? O los efectos colaterales de la esquizofrenización. Y, así, sigo lo que resta del día —y de la noche— hasta que, cansado, caigo arriba del colchón y duermo. Me levanto y vuelvo a tocar la guitarra hasta que, una vez más, caigo rendido en la cama. Y así ad infinitum. ¿Acaso queda muy lejos el infinitum?

Gozar es tan parecido al amor, Charly dixit. Por fin, llega La Mujer Que No Hace Preguntas.[2] Ella saluda y, desprejuiciada, luego de hablar durante unos minutos, se desviste. *No tengo nada que decirte, solo «hola, ¿cómo estás?». Yo sé que nada va a pasarme, solo el tiempo*, García dixit. Y a vos tampoco va a pasarte nada malo, pienso (¿luego follo?). La Mujer Que No Hace Preguntas, obvio, tiene nombre. Sin embargo, prefiero el apodo. Los apodos implican un cierto anonimato. *She is just a women*, Charly dixit. Con todo lo que eso quiere decir.[3] La mujer que ahora se desnuda y se acomoda en el colchón lleva mucho tiempo liándose conmigo. Desde que llegué a este barrio, para ser más preciso. O no. Porque, la verdad, ya no recuerdo hace cuánto tiempo llegué a

1. Hay, de mi parte, cierta exageración en el empleo de la palabra «inundar»: no hay tanta gente que tenga mi número, y entre quienes tienen mi número no son muchos los que se atreven a enviarme un mensaje de texto.
2. ¿Una mujer que no hace preguntas no es un oxímoron?
3. Nunca entendí qué cuernos quiere decir la frase «con todo lo que eso quiere decir».

este barrio. La precisión temporal no es una de mis virtudes. La Mujer Que No Hace Preguntas sabe mi historia y yo no sé casi nada acerca de la vida de ella. La relación —mejor dicho, la no relación— de momento va bien de esta (no) manera. Solo sé que ella es feminista y letrada. ¿Solo sé que no sé nada? Una mujer culta, que le dicen. Cada tanto se le da por hablar de libros y yo la sigo en la charla. Si bien no soy letrado, cada tanto leo. No solo de música vive el hombre. Para esquizofrenizar hay que tener ideas y para tener ideas también hay que leer —y escuchar música—. Ella ya no quiere parejas estables y cuando yo estoy solo, no sé de qué manera, La Mujer Que No Hace Preguntas se entera y aparece por la cueva. Hoy ella está diferente. Hace bastante tiempo que no cogíamos —o, para hacerle honor a la tierra, follábamos—. Desde antes de conocer a Lucrecia. Durante el tiempo en que no estuve con ella, La Mujer Que No Hace Preguntas realizó cursos, asistió a hoteles extraños en Bélgica y miró todos los programas de televisión que emiten pasada la medianoche. Ella dice que aprendió todas las posiciones del Kamasutra, supo qué siente una mujer al tener un orgasmo múltiple, extendió la duración del éxtasis durante horas gracias a la práctica del sexo tántrico y experimentó en el hotel belga todas las formas de sumisión y apoderamiento hacia el partenaire. *Ella es bailarina y sabe todo lo que debe saber. Pero todavía hay algo que no pudo hacer*, García dixit. Siempre hay algo que las mujeres no pueden hacer.[1] Amedrentado, nos acostamos de nuevo. Ella se excita cada

1. Quizás la última idea, más que una característica femenina, sea un deseo masculino para no acobardarnos.

26

vez más y propone posiciones extrañas. *Resiste. Yo sé que existe amor en tu piel,* García dixit. Entonces, infatigable, La Mujer Que No Hace Preguntas me invita a participar de juegos eróticos. Ella habla, grita, gime y no deja de moverse. Tampoco me escucha. Yo la escucho pero no entiendo ni una palabra de lo que me dice acerca de esos juegos. Básicamente, no comprendo las reglas. A La Mujer Que No Hace Preguntas no le importa realmente qué es lo que hago o lo que entiendo acerca de lo que ella me dice. Saca un cronómetro y toma el tiempo. Seguimos así hasta que me quedo dormido. Y exhausto. Cuando abro los ojos, por suerte, ella ya no está más en el piso y yo me levanto y bebo un jugo de naranja.

Voy a encontrarme con el Estrecho. Por casualidad, las veo a ellas en la barra de un bar. Entonces, me acerco. Teodora y La Travesti Lacaniana beben unas cañas. «Hoy tengo dinero. Invito yo», dice La Travesti Lacaniana, que está contenta porque pudo mantener a su chongo al lado. ¡Minga la iba a dejar ese chongo por la arpía de la mujer! Ella acepta, ilusa, que el chongo la explote. Y yo, parado al lado de ellas, desisto de la invitación a tomar un trago. Simplemente las escucho. Las dos hablan al mismo tiempo. La Travesti Lacaniana dice que quiere montar un consultorio. No se hará las tetas para el próximo verano, es mejor armar un consultorio. «Ya hay bastantes tetas en este mundo como para que yo sume un par. Así que me echo un consultorio y a curar gente, que para algo soy lacaniana», suelta La Travesti. El dinero para el consultorio, dice La Travesti Lacaniana, se lo prometió el chongo. Ella sabe, sin embargo, que a los pacientes les resulta difícil entablar transferencia con ella. «Es que les recuerdo al padre y a la madre; a los dos juntos y eso es un problema para que me supongan saber», se queja La Travesti y aúpa a su perra La Can. «Suporonga van a suponerme» y ella ríe. Teodora no ríe. No entiende el chiste. Ni yo ni La Travesti Lacaniana explicamos el chiste. Los chistes no hay que explicarlos, sobre todo, porque nunca son graciosos. Y, además, los chistes son siempre iguales. Todos los chistes, el chiste. Después, achispada por las cervezas, la peruana cuenta que lo anduvo pensando y que, gracias a las ideas de La Travesti Lacaniana, se le ha ido la culpa con relación a su madre. Teodora expone algo parecido a una teoría. Ella no sabe que armó una teoría porque a ella no le interesan las teorías. Sin embargo, influenciada por La Travesti Lacaniana, Teodora asegura que la relación entre los hijos y las madres es una relación de vida o muerte. O sea, un símil de la lucha a muerte entre el amo y el esclavo. «Hegel, Kojève... ¿entendés?», acota La Travesti. Porque es La Travesti Lacaniana la que acota las cuestiones teóricas a lo que dice Teodora. Los hijos matarán a las madres siempre y cuando las madres primero no maten a los hijos. Es que los hijos les cagan las vidas a las madres y entonces ellas, las madres, en represalia, los quieren asesinar a ellos. Y viceversa, dice Teodora. El problema es que casi siempre se da de una manera simbólica, son pocos los valientes y las valientes que lo llevan a la práctica. «Y como yo no tengo espíritu asesino, no puedo ser madre. «Solo padre», dice, borracha, La Travesti Lacaniana. «Y el padre, lo dijo Lacan, siempre es lo más importante», agrega. «Tu madre se anticipó a que el hijo le arruine la vida y, entonces, lo tiró por la ventana —dice La Travesti—. Tu madre ha sido una heroína para el resto de las madres. Ella hizo lo que todas desean: matar a su hijo ni bien sale escupido por ese agujero.» *Cuando todos van a ver lo que va a nacer: todo va a caer*, García dixit. Miro a Teodora y ella llora. *Es muy duro sobrevivir aunque el tiempo ya nos ha vuelto desconfiados*, Charly dixit. A pesar de su nueva teoría, Teodora sigue triste por la muerte de la madre. A lo lejos, veo al Estrecho. Por fin, una excusa —¿un salvoconducto?—. Salgo del bar. Teodora y La Travesti Lacaniana beben. A ellas no les importa que me vaya. ¿Quieren emborracharse? Junto al Estrecho voy hacia la Sagrada Familia. El Estrecho me suelta el rollo en un bar irlandés. Para más datos, el bar se llama Michael Collins. *Quisiera una canción para un amigo que no puede salir de la melancolía eterna de sufrir de amor*, Charly dixit. Él está triste porque su novia lo quiere dejar. ¡Ay, ay, ay, pobre Estrecho! Lady G, la novia del Estrecho, no soporta los celos del Estrecho. Lady G confesó que ella no cree en los amores para siempre y el Estrecho sufre porque él desea ser el único amor en la vida de Lady G. El Estrecho, a diferencia de Lady G, sí desea creer en los amores para toda la vida. Es evidente que el Estrecho quiere ser músico de sesión. Si el Estrecho fuera otra clase de músico tendría las ideas de Lady G. Y, curiosamente, Lady G se derretiría por liarse con un tipo así, un tipo como el que podría ser el Estrecho si el Estrecho no pensara como piensa. Conclusión: el Estrecho jamás podrá esquizofrenizar a nadie con su música. Simplemente, podrá interpretar buena música a través de su instrumento. Ergo, lo necesito para mi banda. El Estrecho sufre y no repara en que yo pienso en otras cosas. Mi cabeza es un pentagrama. A veces, arman una armonía interesante. Indiferente a mis armonías, el Estrecho me cuenta la ilusión que tuvo al conquistar el corazón de Lady G y me confiesa el sufrimiento que le produce saber que ahora ella, en realidad, seguro que desea a otro hombre. *Sueña que vos sos como quiere él y así todo lo va a perder*, García dixit. ¿Qué puedo decirle al Estrecho? ¿Darle el número de La Mujer Que No Hace Preguntas para que el Estrecho se inscriba en algún hotel belga o en algún seminario de aprendizaje de sexo tántrico? Quizás lo haga porque el Estrecho conoce a La Mujer Que No Hace Preguntas. Resignado, cumplo la triste misión que le corresponde a cualquiera que escucha, una y otra vez, la pena de amor de un amigo: lo escucho como quien oye llover y le digo que todo se resolverá.[1] *Rompe las cadenas que te atan a la eterna pena de ser hombre y de poseer*, Charly dixit. No traicionaré al Estrecho. ¡Qué tristeza! Se está perdiendo la rebeldía del rock and roll. *Rock and roll*, yo, Charly dixit. ¡Esta clara va a tu salud, Estrecho —y a tu (magra) cuenta bancaria—! Nunca entenderás todo lo que te respeto.

«Sufro el síndrome de Bartleby», confiesa el escritor. Y yo flipo. Flipo, no solo porque hoy al escritor se le haya dado por hablar, sino porque él explica las cosas de una manera interesante. Un tipo erudito, que le dicen. Y, para más datos, fracasado. Todos los tipos interesantes son fracasa-

---

1. Las peripecias sexuales que el Estrecho le adjudica a la bellísima —y cruel— Lady G lo único que logran es que, poco a poco, me enamore de Lady G.

dos. Pero el escritor cuenta sus fracasos como parte del proceso creativo. Eso es tener coraje. *Veo mi sombra y ya no sé qué hacer*, García dixit. ¿Acaso a cualquier energúmeno que se le ocurra ser escritor en este mundo no se lo calificaría de fracasado? Destino cruel, estimado escritor. Tampoco hay muchos que sepan escuchar. Las vanguardias, lo dije, han muerto. *La vanguardia es así*, Charly dixit. ¿Así de muerta? Habrá que hacerse necrofílico, entonces, y fornicarse a todas las artes. Yo, sin embargo, como siempre, mutis por el foro. De cualquier manera, al escritor no le importa lo que yo piense (¿será por eso que yo no digo lo que pienso?). Él se emborracha porque no escribe. Un escritor que no escribe no es un escritor. Por lo tanto, ¿es un borracho? Sin embargo, él dice que sí es un escritor. Él es un escritor porque sufre todas las penurias y los excesos de un escritor. Aunque no escriba ni una línea. Yo, cuando lo veo a los ojos, pienso que este tipo tiene un exceso de líneas encima. *Él siente culpa. Él vive torturado*, Charly dixit. El escritor cuenta la historia del tal Bartleby y, luego, desmenuza una novela en donde se habla de esos escritores que no escriben. Yo había escuchado de pintores sin manos, pero jamás de escritores que no escriben. Alucino con este flaco. Lema de los escritores que no escriben: literatura: *quien te ama te hace daño*, Charly dixit. Dos posibilidades: hacerle daño a lo que se ama o que aquello a lo que se ama le haga daño a uno. Ergo, es mejor que algunos tengan este síndrome del bendito Bartleby. Ojalá el tal Bartleby se apoderara de las gargantas de los que cantan por la radio. El escritor, avergonzado, me cuenta las historias que quiere contar. Y, sobre todo, el flaco se enfrasca en relatarme las formas en las que intentó contar aquellas historias. *Adonde estoy, no llego. Adonde voy, resbalo. No es que sea bueno, tampoco soy tan malo*, Charly dixit. Es triste tener la pasión y no el talento. O sea, ser mediocre. El tipo sabe de la existencia de la esquizofrenización y esquizofreniza con algunos escritores. Pero cuando escribe ni atisbos de la esquizofrenización. La lucidez, en ocasiones, es un incordio que paraliza a la creación. *Tómalo con calma, la cosa es así. Ya se hace de noche, me tengo que ir*, Charly dixit. Así que me voy y dejo al escritor triste, solitario —¿y final?—. Conclusión del encuentro con el escritor: otro fracasado más que está lejos de casa, aunque viva en el piso de abajo. Y, lentamente, él pierde las ilusiones.

Neurus me arranca del piso y me lleva hacia la calle. La conmiseración de Neurus por la tristeza de la separación de Lucrecia se le olvida. Quizás, también a mí se me olvide la tristeza (no Lucrecia). Pero el olvido no borra la presencia de las cosas. El olvido es simplemente olvido. O sea, lo constante —placer de reiterarme—. Al igual que el silencio. *El silencio tiene acción: el más cuerdo es el más delirante*, Charly dixit. Es que es muy difícil llevar la tristeza con dignidad. Neurus me saca del piso porque quiere que lo acompañe en su nuevo proyecto (¿artístico?). Es la medianoche y él saca fotografías con su teléfono móvil. Yo paseo por la ciudad y Neurus, al lado mío, saca fotos. Neurus lo único que dice es que quiere convertirse en un cronista urbano. ¿Vas a abandonar la música, Neurus? Imposible. Te conozco, mascarita. Y a mí no me engañás. Vos, al menos, Neurus, no me engañás. Neurus apenas usa el teléfono móvil para hablar, así que ahora está feliz porque le encontró otro empleo al artefacto que lo acompaña inútilmente a todos lados. En la ciudad nada conmueve a nadie y es por eso que no es fácil (¿o es demasiado fácil?) sacar fotos. Todo el mundo anda enfrascado en su *constant concept*, Charly dixit. ¿A quién le importa algo que no sea su *constant concept*, Charly dixit? Y así, sin hablar, Neurus y yo caminamos por las calles de Barcelona y él, en silencio —yo tampoco hablo—, atrapa instantáneas de la ciudad. Atrapa, por ejemplo, la imagen de un grupo de adolescentes golpeando a un vagabundo y, a la vez, sacándole fotos con el móvil. El linyera la sacó barata, a este no lo prendieron fuego. *El tiempo vuelve a pasar, pero no hay primavera en Anhedonia. El tiempo vuelve a llorar, pero no hay primavera en Anhedonia*, Charly dixit. ¿Venderán estas fotos en las postales de las ramblas? Cierto, el arte ha muerto. En los chicos ya no hay *maravillización*, Charly dixit. Y yo, por lo pronto, sigo a Neurus. Hay tanto silencio y olvido entre los dos que me da hambre. Señalo el local Istanbul Kebab y, a desgano, Neurus me sigue. Él siente una interrupción en su proceso creativo y yo un agujero en el estómago. Y siempre el hambre es más importante que el arte. Nos sentamos y esperamos los doner kebab en la barra. Delante, el espejo. Y reflejados en el espejo, Neurus (*Vivo a través de una ilusión. Vivo en una causa perdida*, Charly dixit) y yo (*Vivo a través de una canción. Así es todos los días*, Charly dixit). Entran el Estrecho y Lady G. El Estrecho se sienta al lado de Neurus y Lady G se queda parada. Voy al baño y, al volver, Lady G se acerca y me habla de los problemas que tiene con el Estrecho. El Estrecho le habla a Neurus. Neurus no le contesta. El Estrecho lo mira a Neurus y Neurus mira la televisión. El dueño del local también mira la televisión y habla con su empleado en un idioma que no comprendo —pero que escuché en varios lados, varias veces—. En la televisión dan la noticia de la nueva patera llegada a Canarias. Y, luego, pasan los disturbios producidos en las afueras de París. *Serpentina de carnaval. Cuando los días buenos pasen*, Charly dixit. Construcción y destrucción de las ilusiones. *Un ángel vuela en París y un chico nace casi en Anhedonia*, Charly dixit. El televisor o Lady G: es la extraña disyuntiva que se le presenta a mi atención. *Gozar es tan diferente al dolor*, García dixit. ¿Gozar es diferente al dolor? «Me da miedo dejarlo. Sé que no se lo merece. Es tan bueno, tan sensible. Es por eso que no lo soporto», dice Lady G mientras yo engullo una cerveza y un grasiento kebab.[1] (¿Para qué vivir más allá de los treinta y cinco si no tengo dinero ni fama?) «Además, estoy enamorada de otro chico. Y no sé cómo decírselo al Estrecho, ¿entiendes?», me espeta la bellísima y cruel Lady G. Yo me limpio las manos con las servilletas de papel. Usé una pila de servilletas de papel y, sin embargo, tengo todos los dedos sucios. Con total impunidad Lady G toma un trozo de mi kebab y se lo lleva a la boca. «Y tú no sabes lo rico que hace nanay este nuevo chico», dice Lady G. Me mira y sonríe. *She's just a woman to me*, Charly dixit. O, al menos, de eso trato de convencerme. Ay, ay, ay, las argucias femeninas, Lady G, las conozco muy bien. Y, por cierto, siempre caigo en ellas. ¿Dónde estará Lucrecia? ¿Y la mujer de las rastas? Hoy parece que no hay mujeres que vengan al rescate. Y yo con esta inclinación al

---

1. De seguir así con este tipo de ingesta de comida y bebida, moriré antes de los treinta y cinco.

hundimiento constante. *Me siento solo y confundido a la vez. Los analistas no podrán entender*, Charly dixit. Así que estoy aquí solo con mi alma (y mi kebab, que no es poco) delante de la sensual Lady G. «Yo no tengo la culpa si me enamoro fácilmente y si los hombres caen rendidos a mis pies», dice la bella y cruel Lady G. Le prometo a Lady G algo que no sé bien qué es (¿hablar con el Estrecho? ¿decirle, en perfecto chileno, que Lady G encontró a un chico que le hace nanay rico, mucho más rico y sensual que él?). Los cuatro —Neurus, el Estrecho, Lady G y yo— pasamos unas horas en el local del kebab mirando en la televisión los disturbios en París y en otras ciudades de Europa. ¿Llegarán los disturbios a Barcelona? Lady G, de a ratos, me mira y sonríe. *Dame un poco de amor, no quiero un toco. Quiero algo de razón, no quiero un loco. ¡Apaga el televisor!*, Charly dixit.

«Hay dos tipos de escritores y hay dos tipos de lectores. Es un mundo bipolar», dice el escritor y se explaya. Según el escritor habría una categoría de lector que es el lector voraz. O sea, aquella persona que lee todo lo que le cae entre las manos. El otro tipo de lector es un lector que solo lee lo que roza la perfección. Un lector sin concesiones. ¿Para qué leer alguna otra cosa? Cualquier actitud ante la lectura es un engaño: jamás alcanzaremos a leer todo aquello que deseamos leer. Nos quedan las trampas, las sobras. Y siempre quedará la duda acerca de si aquello que no leímos es mejor que aquello leído. Toda elección implica una no elección y, por lo tanto, una incógnita. Es triste. Y obvio. El escritor dice que así, por ejemplo, en relación a esos dos tipos de lectores existen dos tipos de escritores: los que apenas si escriben (o, directamente, como es el caso de él, los que no escriben ni una línea) y aquellos que no pueden dejar de escribir. Ergo, ¿ser escritor es una postura? Quizás. No, una trampa. La literatura es una trampa. Y la vida una simple impostura. A mí no me importa nada, yo soy músico. Y los músicos hacemos música. ¿O no? De todos modos, el escritor sigue con su teoría. Ante el vacío habría dos respuestas: dejar el vacío tal cual está o, por el contrario, llenar el vacío con una catarata de palabras (aunque se sepa que, en el fondo, el vacío nunca se llena). En la música es igual. Lo dije, la música es fragmento. Y silencio. El silencio es constante. La música es la combinación del fragmento y del silencio. Y después, *say no more*, Charly dixit. En la literatura el silencio es el de los escritores que no escriben y el de los lectores exquisitos. El silencio cuida la exquisitez. Pero, a la vez, impulsa hacia el olvido. La totalidad de los fragmentos nunca alcanza a completar el vacío. «Son dos actitudes ante la vida, ante el porqué y el para qué de esta vida», dice el escritor con aire solemne mientras yo miro hacia la calle. El escritor es un hombre sin ninguna característica particular. ¿Es feo? Yo, por suerte, todavía soy joven. Muy joven, dicen. Sobre todo, los viejos dicen que soy muy joven. Que tengo toda la vida por delante, dicen. Supongo que tengo la vida para esquizofrenizar. ¡Patria o muerte! O, para ser más modernos: ¡Esquizofrenizar o morir! —slogan ad hoc—. No, el escritor no es viejo. Quizás sea feo. Supongo que para un escritor está bien ser feo. Los escritores deben ser feos. Si no fueran feos, no serían escritores; usarían el cuerpo para otra cosa que no sea gastarse la vista y encorvarse. Un hombre sin atractivos. Él, cuando se lo digo, dice «un hombre sin atributos». Y ríe. ¿De qué se ríe el escritor? «No tendré atractivos, pero soy sano», asegura el escritor. Es un día de sol y yo querría ir a la playa. ¿Hoy tomaré coraje y me tiraré al mar? Alfonsina y el mar. Dejarse atrapar por la parca o huir hacia delante. De todos modos, la parca siempre nos alcanza. *La parca empuja pero no voy a seguir*, Charly dixit. Si no hay salida, ¿qué es mejor? ¿No hacer nada o inventarse excusas? Esa es la cuestión. *Porque yo soy un indeciso, la verdad es que nunca supe bien qué hacer*, Charly dixit. ¿Melancolía o manía? Es la única alternativa que nos queda. O la combinación, la locura circular. El escritor está agotado. No quiere acompañarme a la playa ni a ningún otro lado. Le fallan las piernas. Volverá a su piso y se torturará con el tiempo perdido. No podrá dormir. Cuando la inspiración acosa al artista desde muy cerca, el insomnio es constante. ¿El *constant concept* —Charly dixit— del escritor será el insomnio? «La escritura es una batalla contra el tiempo», dice el escritor y yo me encojo de hombros. ¿Por qué está cansado el escritor? Yo nunca me canso de tocar. Hoy durante la mañana él tuvo que trabajar —y mucho—. Y el trabajo al escritor lo agota. «Ya no soy un chico», confiesa. El escritor dona esperma y así gana algo de guita. El esperma del escritor preña a mujeres que él no conoce. *Everybody es moving like a fish in the ocean*, Charly dixit —gracias a Carole King—. Y las mujeres tampoco lo conocen a él. Ergo, los hijos del escritor no conocen al escritor ni el escritor conoce a sus hijos. El escritor ya está harto de todo. Mira los ojos de los bebés que se cruza por la calle y siempre piensa que él es el padre de esos bebés. Tiene miedo de que no quieran aceptarle más el esperma. Y, al mismo tiempo, no quiere donar más esperma. Pero si no dona esperma, ¿de qué manera sobrevive? El escritor también tiene que pagar un alquiler. Y quizás haya llegado a la edad en la que deba guardarse el esperma. ¿Es el comienzo del fin? Tiene miedo porque siente que no tiene las mismas fuerzas que antes y porque cada vez le resulta más difícil llenar el frasquito que le entregan. «Cada vez que me excito pienso que estoy trabajando», dice. El escritor bebe una cerveza y me presenta a Joan. Joan me cae bien. Sobre todo, porque Joan es un tipo silencioso. ¿Igual que Neurus? No, no tanto. Joan habla un poco más que Neurus. El problema es que lo hace, la mayor parte de las veces, en catalán. «La música es un rompecabezas», dice Joan cuando el escritor, acodado a la barra, le dice que yo soy músico. «Primero es necesario ordenar los discos, encontrar el orden perfecto de los discos y luego, más tarde, escucharlos en ese orden», agrega. Joan, dice el escritor, llena su piso con discos que compra —y a veces roba— pero que jamás escucha. «¿Para qué escucharlos? ¿En qué orden?» Y yo no le digo nada. Teoría chiflada pero atractiva. ¿La novia de Joan es atractiva? Ella es Marilyn. Marilyn no se parece a Marilyn. Y con Joan, los dos, hablan en catalán. Marilyn, que no se parece en nada a Marilyn, se hace llamar Marilyn. *Marilyn tomó demasiadas pastillas ayer. La habían dejado sola, le habían mentido*, Charly dixit. El escritor dice que otro día Marilyn me contará por qué se hace llamar Marilyn y ella, al escucharlo, niega con la cabeza. ¿No quiere contarme? ¿Cuál es el verdadero nombre de Marilyn? Esas historias, por lo general, nunca son interesantes. Marilyn, a la vez, dice que conoce a Lady G. ¿Por qué ella sabía que yo conocía a Lady G? Es que Lady G, dice Marilyn, habló de mí y, por cierto, hay pocas personas con mi nombre. Lúcida la tal Marilyn. Ella ahora dice —en catalán, of course— que está encantada con el hecho de ser amiga de Lady G. Y Joan, gracias a Marilyn y a Lady G, conoce al Estrecho. Pero el escritor no conoce a nadie más que a Joan y a Marilyn. Marilyn, entusiasmada, habla de la fiesta que se hará en Gracia. Fiesta en la que, de ningún modo, vamos a tocar. En las fiestas no hay predisposición a la esquizofrenización musical. Convencí a Neurus y al Estrecho. Así que no habrá ni Chamameseando con un Chamán ni Nación Electrostática: la fiesta será fiesta y ahí, entonces, nos veremos con Marilyn y Joan. ¿El escritor? A él no le gustan las fiestas pero quizás acuda al ágape. Marilyn y Joan dicen algo en catalán que no entiendo. Debo irme. Es que no tengo nada que hacer y ese privilegio me gusta disfrutarlo solo. ¡Au revoir! ¡Adéu! El escritor y yo enfilamos hacia el edificio. Marilyn y Joan saludan con los vasos de cerveza en la mano. Ella me guiña el ojo. Una vez en el edificio, el escritor se encierra y se tortura con el paso del tiempo y las líneas en blanco —y, of course, la línea blanca— (y *todos tienen una casa blanca, y todos tienen un montón de amor*, García dixit). En realidad, no todos tienen un montón de amor. El amor, al igual que el arte, ha muerto. Yo, encerrado en la cueva, no hago más que tocar —y pensar sin pensar en Lucrecia, en la mujer de las rastas y en la esquizofrenización al poder—. *No te dejes desanimar, basta ya de llorar. Para un poco tu mente y ven acá*, Charly dixit.

La música es un fragmento en masa. ¿Una contradicción? La música, entonces, es contradicción. Yo y mis contradicciones. Las contradicciones son mi compañía constante. A veces la oleada musical no se interrumpe por horas. Lo que interrumpe al fragmento musical son las ideas y, obvio, el silencio. Aunque el silencio también está en la música porque el silencio —placer de reiterarme— es constante. Lo constante está en todos lados. El silencio es clave para esquizofrenizar. *El silencio tiene acción: el más cuerdo es el más delirante*, Charly dixit. La música es el fragmento y lo constante. Lo dije: todos los temas de Charly García, en realidad, son un solo tema. O sea, hay que lograr, a lo largo de la vida, completar la obra. Es una carrera contra el reloj. Así se cierra el círculo: el fragmento y lo constante, todo en uno.

Intuiciones: verdaderas alertas, García dixit. Lo cierto es que al cruzarla por la calle y, casualmente, rozar su brazo con mi brazo, la mujer de las rastas estremece todo mi cuerpo. *Si fue hecho para mí lo tengo que saber. Pero es muy difícil ver si algo controla mi ser*, Charly dixit. Se da vuelta y, ¡eureka!, sonríe. Ella va con una amiga. Después, las dos desaparecen. *Desaparecer es como sonreír*, Charly dixit. A mí la amiga no me importa, me interesa saber de la mujer de las rastas. Y ninguna otra cosa. Lo demás, *say no more*, Charly dixit. La *maravillización* —Charly dixit— hecha mujer.[1] Doy media vuelta y camino en dirección contraria, a la búsqueda de la mujer de las rastas. Resultado de la intrépida e inesperada misión: un fracaso. El que busca, no encuentra. Y yo todavía busco. Cansado, vuelvo hacia el piso. Al llegar a la puerta, Lucrecia llora. *Ella llora en los jardines; él está cansado de*

1. Estoy falto de reflejos: segundo encuentro casual y todavía no atiné a decirle nada a la mujer de las rastas.

40

llorar, Charly dixit. Paso de la sonrisa al llanto. ¿Las dos argucias femeninas para conseguir lo que quieren de un hombre? Sí, quizás, pero, a esta altura, ¿a quién puede importarle qué es lo que quiere una mujer? Yo, en silencio, hago pasar a Lucrecia al piso.[1] ¿Tengo alguna alternativa más que abrirle la puerta a Lucrecia? Una vez adentro, ella se resiste a quitarse la ropa. Se acomoda en una silla y clava la mirada en el piso. ¿Ella se siente culpable o me quiere hacer sentir culpable a mí? Eso no está bien, Lucrecia, deberías saber que las ex parejas, cuando se vuelven a ver, cogen. O follan, si te parece más apropiado. Follar sería la expresión ad hoc. O podríamos hacer nanay rico, como diría Lady G.[2] ¿Te apetece hacer nanay rico, Lucrecia? Lucrecia no contesta. Ella no contesta porque yo no le hice ninguna pregunta. Desde que cruzó la puerta no dije palabra. Cada cual hace ñaca ñaca en su idioma, pero todas las ex parejas, al encontrarse, hacen ñaca ñaca, Lucrecia, deberías saberlo —o, al menos, respetarlo—. Y si no, ¿para qué existen las ex parejas? ¿Vos en qué idioma querés follar? Confieso que Lucrecia está bellísima. «Nunca entiendes nada, cariño», dice Lucrecia y yo, al contrario, entiendo perfectamente que la belleza que se acomoda en mi piso ya no quiere hacer nanay rico conmigo. Eso ya es saber bastante. Pero no suficiente. Y justo la parte que no entiendo es la fundamental. Ay, ay, ay, ¿para qué venís, Lucrecia, a decirme lo que ya sé? O sea,

---

1. Creo que cada vez me parezco más a Neurus: ¿cuántas horas llevo sin decir una palabra?

2. No está bien eso de pensar en Lady G cuando pienso en follar: remember: *she's just a woman to me*, Charly dixit.

que no sé la mayor parte de las cosas. Entre las cosas que le suceden a una mujer, no sé absolutamente nada. ¿Debería preguntarle a La Mujer Que No Hace Preguntas acerca de las emociones de las mujeres? Quizás yo también deba inscribirme en un hotel belga o seguir un curso de Kamasutra. Al mirarme a los ojos, Lucrecia pronuncia mi nombre. Así, de sus labios sale todo mi nombre —sin mi apellido, of course— y yo, entonces, desfallezco. ¿Por qué será que me gusta tanto que una mujer diga mi nombre? Así que, faltaba más, la escucho. (Ok, Lucrecia, esta vez ganaste vos: no habrá nanay rico entre los dos y yo, en cambio, voy a escucharte.) De golpe, me acusa porque no ando por los lugares de siempre y ella cuenta que le preguntó por mí a *todos*, pero que *nadie* supo contarle de mi vida. «Tanto tiempo que hemos pasado juntos y de repente tú vas y desapareces», se queja. Lucrecia está mal porque ayer recibió una mala noticia. «El mundo se me ha venido abajo, cariño», dice, llorosa, Lucrecia y cuenta —sin mirarme y sin pronunciar mi nombre— que su amiga y compañera de piso se vuelve a su país. «No me queda casi nada de lo que tuve en esta ciudad. ¿Qué soy yo en esta ciudad? ¿Qué se me ha perdido a mí en Barcelona?», pregunta —retórica, supongo— Lucrecia y cuenta la historia de su amiga. *Te vas. El mundo gira al revés mientras miras esos ojos de videotape*, Charly dixit. Aunque el cannabis español —o, perdón, catalán— sea peor que la marihuana argentina —y casi peor que cualquier cosa que pretenda ser una droga—, es el momento indicado para armar un faso. Y ella, encantada y triste, acepta. «¿Ves? Eso es lo que quiero: alguien que me escuche. ¿Acaso es tan difícil?», pregunta y yo con los ojos rojos (*tus ojos ya son de mercurio y no me salvan,* Charly dixit) miro por la ventana mientras ella me cuenta la manera en que su mundo se ha venido abajo en los últimos meses: primero la separación —de mí, se entiende— y ahora la partida de su amiga. Entonces, la pregunta obvia —o no tan obvia—: «¿Qué hago yo en Barcelona?», se pregunta Lucrecia. *Acabo de llegar. No soy un extraño. Conozco este lugar: no es como en los diarios desde allá,* Charly dixit. Y, sí, es hora de la desilusión.[1] No dejamos nunca de ser híbridos, mi amor. Pero explicarle todo eso a Lucrecia sería más largo que esperanza de pobre. Además de la tristeza por la pérdida de su amiga, Lucrecia sabe que su amiga era su compañera de piso así que, al irse, ella, Lucrecia, quedará sola y no tiene el dinero suficiente para pagar el alquiler. ¿Está bien el faso? «Esto es lo que necesitaba: fumar y hablar contigo», dice Lucrecia, condescendiente, y clava sus ojos en mí. «¿Entiendes que lo único que tengo aquí es un trabajo mugroso? Que ya no me da ni para el alquiler...», dice y cuenta acerca de la vuelta de Nancy a su país. «Ella se la pasa hablando de allá y, si bien yo nunca he ido, cuando la escucho es como si conociera la ciudad de Nancy», dice Lucrecia y fuma. *Están limpiando las cenizas de nuestro breve carnaval. Ya estamos en camino a otra ciudad,* Charly dixit. «A veces pienso que quiero volver a casa.» Me acerco a la ventana y veo la plaza. Oscurece y, al no prender la luz del piso, Lucrecia queda sumergida en la oscuridad. Solo se escucha su voz, que dice que hace años que piensa encontrar el lugar ideal. «Y siento que ningún sitio es mi sitio.» *Todos tenemos hogar,*

1. En realidad, sería una nota mental: ¿por qué será que uno siempre tiene la sensación de ser un recién llegado?

Charly dixit. ¿Es cierto, Charly, aquello de que todos tenemos hogar? El movimiento es la búsqueda del lugar que no tenemos. Ni tendremos. «Por ahora, tengo que conseguir alguien para compartir el piso.» Ni te ilusiones, guapa. Nadie quiere vivir conmigo porque yo tampoco quiero vivir con alguien. ¿Acaso, Lucrecia, soportarías la música todo el día? ¿Y la presencia de La Mujer Que No Hace Preguntas? ¿Y a la mujer de las rastas? ¿O simplemente aceptarías hacer, de nuevo, nanay rico conmigo? «Si sé de algo, te digo», le digo, evasivo, a Lucrecia y pasan las horas. *Entrás, te vas, me cortas las palabras*, Charly dixit.

Conclusiones de La Mujer Que No Hace Preguntas acerca de mis devaneos existenciales con las mujeres —y, últimamente, con casi todo—. Punto uno: con respecto a la mujer de las rastas, La Mujer Que No Hace Preguntas se explaya acerca del concepto de aura en la obra de Walter Benjamin. Luego, follamos. Segundo punto —durante el cigarrillo post coital—: la liberación femenina promueve que la mujer pueda tener sexo libre, al igual que el hombre. O sea que las tías también pueden curtirse a quien les venga en gana. Es por eso que según La Mujer Que No Hace Preguntas habría que ver si yo, en el caso de convivir con Lucrecia, soportaría que ella follara con cualquier tipo que le cayera en gracia (a priori, a mí todo aquel que se quiera coger a Lucrecia me cae en desgracia). La Mujer Que No Hace Preguntas aboga por la utilización del hombre como objeto. «Es hacia donde van ustedes. Y si no me crees, mira todos los cuidados en el cuerpo que ciertos hombres se encargan de llevar a cabo», agrega La Mujer Que No Hace

Preguntas. «Eso sí, una de las pocas cosas que nos falta es la creación de un mercado porno para las mujeres. El porno está pensado para los hombres.» Y sin decir agua va, ella se preocupa por la salud mental —y sexual— de mi amigo el Estrecho. La Mujer Que No Hace Preguntas conoce al Estrecho desde hace muchos años, pero hace tiempo le perdió el rastro. La Mujer Que No Hace Preguntas promete que se pondrá en contacto con el Estrecho para decirle algunas cosas. «Aunque a ti no tengo que darte explicaciones de lo que haré o dejaré de hacer con otro hombre.» Y tercer punto acerca del que se explaya La Mujer Que No Hace Preguntas (mientras ella comienza, de nuevo, a excitarse): el lugar propio. «La patria es la infancia», dice La Mujer Que No Hace Preguntas que dijo alguien —¿Baudelaire? ¿El mismo Benjamin?— y con esa frase ella cree que es suficiente para entender el problema. Lo acepto: quizás hoy yo tuve cierta debilidad por las confesiones y así permití que La Mujer Que No Hace Preguntas, entre perfomance y perfomance sexual, me diera la lata. *La gente que tiene camas en llamas se junta con gente que también tiene sus camas en ellas. Pero si nos quisiéramos un poco más, no jugaríamos tanto*, Charly dixit.

La noche en vela. Una vuelta más a la locura circular. Manía o melancolía: esa es la cuestión —de siempre—. ¿Pastillas? ¿Faso? Una ventana y el teclado. Para paliar el bajón: música. *La línea blanca se terminó. No hay señales en tus ojos y estoy llorando en el espejo. Y no puedo ver*, Charly dixit. Por las noches, a veces, creo en fantasmas. ¿Quién no? ¿Hay alguien aquí? *La indómita luz se hizo carne en mí y lo dejé todo por esta soledad*, García dixit. Cierto, estoy solo. Aunque qui-

45

zás haya alguien en el piso. ¿Estoy solo? La memoria es mi compañía —cruel—. Toco algunos acordes sueltos. Pocos, pero los precisos. ¿Habrá esquizofrenización? No lo creo. Simple tristeza. Aunque la tristeza nunca es simple. Al menos no lo es para mí. Se escucha la sirena. Otra vez el Inspector Clouseau. Afuera hay gente que trabaja y los otros —la mayoría— duermen. Todo sigue. Es una lástima. *¡Qué placer esta pena!*, Charly dixit. Desde el piso se ve la plaza del Raval. Está desierta. ¿Hay alguien en la ciudad? Se escuchan voces, gritos y sirenas. *Están las puertas cerradas y las ventanas también, ¿no será que nuestra gente está muerta?* ¿Quién está aquí? ¿Estoy realmente solo en el piso?

Hoy Neurus se parece más que nunca a Neurus. Con los anteojos de marco ancho y negro y la remera blanca que le marca la panza, Neurus es idéntico a Neurus. Quizás, Neurus sea un poco más alto que el dibujo llamado Neurus.[1] Pero a él no le preocupa parecerse a Neurus —ni le preocupan los quilos de más— porque hace tiempo que para Neurus el nombre Neurus es su propio nombre. O sea, ha perdido el referente. ¿Cuál es el verdadero nombre de Neurus? No sé. De todos modos, ¿a quién puede importarle un nombre? Sin reparar en su apariencia ni en mis ideas, Neurus despliega sus fotos por el piso de la cueva y el Estrecho se enreda en una extraña queja. ¿Acerca de Lady G? ¿Acerca del destino? A Neurus no le importa lo que el Estrecho tenga para decir —o quejarse— porque él, Neurus, quiere mostrarnos las fotos que tomó con el teléfono móvil duran-

---

1. ¿Cómo saber si alguien es más alto que un dibujito animado?

te estos días. ¿Un cronista urbano? Distraído, miro algunas de las fotos. *Veo las sirvientas en la plaza vestidas para enamorar, viviendo cien años de soledad*, Charly dixit. Las fotos, desparramadas por el piso, producen cierto escozor. Son buenas. Y logran impresionar. *Hay un horrible monstruo con peluca que es el dueño en parte de esta ciudad de locos*, García dixit. Aunque no alcancen la esquizofrenización, son buenas las fotos que Neurus tomó por las calles de Barcelona. Yo dejo la guitarra a un lado y pongo música. Así, gracias a la música, creo que los dos van a callarse y podremos pasar el rato en silencio. Me equivoco. Soy ingenuo. Ellos hablan, yo escucho —la música—. Hay una gran cantidad de fotos en el piso. *Yo no quiero vivir paranoico. Yo no quiero ver chicos con odio. Yo no quiero sentir esta depresión*, Charly dixit. Ergo, apenas si entreveo las fotos. ¿Para qué una mirada minuciosa? Y si hago el esfuerzo de «ojear» las fotos, es para no hacerle un feo a Neurus. El Estrecho toma una fotografía. Neurus mira al Estrecho y el Estrecho mira la foto. Es un rostro, el de la foto, de un viejo. Se notan las arrugas y las patas de gallo; el viejo lleva una boina —¿quién llevará boina cuando mueran los hombres de la edad de este tipo?— y una camisa a cuadros. «¿Cómo seremos de viejos?», pregunta el Estrecho. La vejez, Estrecho, se ha perdido. Lamento decirlo: en este mundo no hay viejos. Y en el futuro no quedará ninguno. Ya no existe la sabiduría, es necesario saberlo, así que no existe la vejez. Antes de que nos volvamos viejos, nos matarán. *A los jóvenes de ayer*, Charly dixit. *Cuídalos, son como inofensivos, son nuestros nuevos Dorian Gray*, García dixit. Pero nadie nos cuidará a nosotros —ya nadie cuida a nadie— y el Estrecho no entiende lo que digo. O no

47

me escucha. Y yo no quiero hablar ni escuchar al Estrecho ni a Neurus porque quiero escuchar la música que sale del parlante. *Si lo que te gusta es gritar, desenchufa el cable del parlante. El silencio tiene acción: el más cuerdo es el más delirante,* García dixit. De cualquier modo, Neurus sonríe y cuenta la manera en que logró la fotografía en donde una chavala ofrece su cuerpo a un viejo millonario en una de las calles del casco antiguo. «Una niña, y rota, y el tío tan guay...», se indigna el Estrecho. Al tipo de la foto le gusta hacerse ver, aunque corra el riesgo de que lo agarren y de que sepan que es pedófilo. Los que tienen dinero, Neurus, nunca corren riesgos, solo viven con la adrenalina encima que supone desafiar la ley. *Adrenalina,* Charly dixit. Neurus habla y mientras Neurus habla yo me doy cuenta de que, curiosamente, Neurus habla a partir de las fotos. O sea, las fotos hacen hablar a Neurus cuando, en realidad, Neurus buscó las fotos para dejar de hablar. Círculo vicioso. ¿Nunca podremos evitar las palabras? ¿Podremos evitar los círculos? ¿Y los vicios? Espero que no dejemos de lado los vicios, son lo único que queda. Lo único que nos queda es lo que nos hace olvidar lo que hay. *Lo que ves es lo que hay,* Charly dixit. ¿Pero cuántos se animan a ver lo que hay? Es mejor el canuto. O las cosas más pesadas. Y, Neurus, te lo diría si hoy no estuviera con este ataque de mutismo: es difícil comunicarse con imágenes. *¿Ahora soy yo el que se olvidó de hablar? Todos podemos perder, todos podemos ganar, entre las sogas del circo y las tijeras del mal. No quiero olvidarme de hablar,* Charly dixit. Me reitero: *todo el mundo quiere olvidar* —Charly dixit—, menos yo. El Estrecho mira la foto de un crío y se pregunta si él, alguna vez, tendrá hijos. «¿Serán catalanes»?, pregunta el

Estrecho. Yo lo único que sé es que los hijos del Estrecho no serán hijos de Lady G. Pero sería una descortesía de mi parte decírselo al Estrecho. De todos modos, la pregunta es oportuna: ¿de dónde serán nuestros —supuestos— hijos? ¡Ciudadanos del mundo, uníos! —y vuélvanse ilegales o, si tienen suerte, inmigrantes con papeles—. Triste destino para la revolución del proletariado. Las preguntas del Estrecho a veces son odiosas. Y no tienen respuesta, que es lo peor. Así que prefiero salir del piso y caminar por la ciudad. *Me quedo piola y digo ¿qué tal? Vamos a pescar dos veces con la misma red*, García dixit. Neurus, con el móvil en la mano, cuenta que consiguió trabajo como fotógrafo. Un portal de internet colgará sus fotos en la página y a Neurus le abrirán una sección llamada callejero fotográfico. Es lo que el mundo necesitaba: gente que se aterrorice de lo que sucede en la esquina sin salir de su casa. O sea, mirar el mundo desde un ordenador. Internet: la ventana al mundo. ¿Alguien mirará a los que miran el mundo a través del ordenador? Ventana de la ventana y así ad infinitum. Las ventanas dejan de ser ventanas y se convierten en espejos. ¿Nos la pasamos mirándonos el ombligo? Porque los espejos son ombligos. En este mundo casi todos son Narcisos. Neurus, orgulloso, nos lleva a un sitio de internet y nos muestra sus fotos —las mismas que estaban desparramadas en mi piso, pero colgadas en una página web—. En el lugar se escuchan idiomas raros y hay olor a cigarrillo. Neurus sonríe. Hay una cabina de teléfono donde un hombre, a los gritos, increpa a otra persona que desde el otro lado de la línea debe sentirse amedrentada. El Estrecho se concentra en las fotos colgadas en la red y luego entra en algunas páginas porno. Neurus se siente tocado en su autoestima y el Estrecho dice que desde hace días tiene miedo de encontrar a Lady G en algún sitio porno. (Nota mental: no está bien eso de imaginar a Lady G en todas las posiciones posibles que una mujer puede demostrar que puede llevar a cabo en una peli porno.) Desde que tiene ese temor el Estrecho se está volviendo adicto a todo el material porno existente. Y se queja. Él dice que todas las pelis y videos porno tienen la misma estructura: dos personas que se desnudan luego de un breve preámbulo, una mujer que le chupa la polla (pija, picha, poronga, verga, pito, pene o como se diga) a un tipo, el tipo luego la chupa a ella, más tarde el tipo la penetra en todos los orificios y desde todos los ángulos y al final acaba en la cara de la mujer. A veces, se agregan más personas o lo hacen dos mujeres. Pero la estructura, según el Estrecho, es siempre la misma. «Soy un experto», dice el Estrecho. ¿Se vanagloria? Neurus se enoja con el Estrecho y yo le doy al Estrecho el teléfono de La Mujer Que No Hace Preguntas. Le digo que la última vez me preguntó por él y, así, el Estrecho se alegra porque una mujer preguntó por él. El Estrecho considera la posibilidad de internarse en aquel hotel belga en el que La Mujer Que No Hace Preguntas estuvo pasando una temporada. Otra vez en la calle. Y Neurus con el móvil / cámara de fotos en la mano. Atento. Hace calor. Y camino y pienso en Nancy, la amiga de Lucrecia. Tal vez piense en Lucrecia. *Vamos a dar algunas vueltas por ahí, a mirar de cerca. Quizás mañana alguien viaje para otro país, lo podremos despedir*, Charly dixit. Nos perdemos en calles oscuras. ¿Buscamos mujeres? Y bares. Es lo que, a veces, hace todo hombre para escapar de las mujeres: buscar mujeres. *So I watched the girls walking down the streets. They look like ghost from the silver screen and they have nowhere to go,* Charly dixit. Así que nosotros vamos hacia everyhere. El Estrecho habla de Lady G, dice que ninguna mujer es igual a Lady G y que Lady G quiere pasar cada vez menos tiempo junto a él. Ay, ay, ay, Estrecho, llegado a cierto punto, la desilusión prefiere volverte ciego. ¿La ceguera será más piadosa que la verdad? Neurus saca fotos y yo me arrimo a la barra y hablo con gente —mujeres— que no conozco. *So I asked them: where are you going? What are you doing? And you know what they said to me? They just said: dame uno más, dame un poquito, solo un poquito no más,* Charly dixit. No, guapa, hoy voy limpio. Y ellas van por el piso. Ya lo dijo Keith Richards: cuando uno está a la búsqueda desesperada de un camello no hay diferencias entre una estrella del rock y un linyera. Hace tiempo que me quité algún vicio (solo algún vicio, los necesarios). Así que no tengo nada para darte, querida. *Me cuido la nariz. El silencio termina mañana. Me voy a despedir: chau,* García dixit. ¿Me voy? Es una posibilidad. Por ahora, acodado en la barra despido a la mujer desesperada. Y gracias al poderoso volumen de la música, no escucho a nadie. Es el único punto a su favor que tiene esta música. En la pista veo a Marilyn, la novia de Joan. Se acercan y nos apartamos de los parlantes. ¿El escritor? Obvio, no vino. Él nunca sale de su piso y menos durante las noches. Es que tiene la ilusión de que la inspiración lo visite por las noches, comenta, irónico, Joan y se acerca a Marilyn. Ella se deja besar. Punto que todo varón que se precie como tal sabría apreciar: ella se deja besar, o sea, ella no lo besa ni acepta el beso: ella, Marilyn, simplemente se deja. Joan y Marilyn apenas se mantienen en pie.

Van borrachos. Y bien puestos. El escritor comparte camello con Joan. *Me dijeron que hay alguien que tiene de la buena*, Charly dixit. Yo voy limpio. Al menos hoy. ¿No me creen? ¿Cuántas veces tendré que repetirlo? Estoy perdiendo crédito, una lástima. Marilyn habla con el Estrecho. ¿Acerca de Lady G? La vida del Estrecho gira en torno a Lady G. Lady G: la fiebre del Estrecho. La fiebre lleva al delirio. El Estrecho, mientras escucha lo que Marilyn le dice al oído, me mira con furia. Joan, indiferente a lo que haga —o diga— Marilyn en el oído atento del Estrecho, enumera las ventajas y las desventajas de la organización de una disquería —o de una biblioteca, es igual, aclara— por orden alfabético. Neurus se perdió con su móvil / cámara porque un cronista urbano, es su lema, siempre es un cronista urbano. Sobre todo se es un cronista urbano en un pub durante una noche de borracheras, bailes y toqueteos. Yo me aburro. *No entiendo a los que hacen lo mismo que yo hice ayer, pero como hasta ahí nomás, como viviendo en el pasado.* Miro al Estrecho buscando imágenes y consiguiendo algunas fotos. *Y yo estoy con la máquina de mirar justo en el paraíso para filmar*, Charly dixit. «Mezclas palabras, hablas raro», dice Joan y yo me había olvidado de la existencia de Joan. ¿Acaso yo estaba hablando y es por eso que Joan hace un comentario acerca de mi manera de hablar? Joan se larga a enumerar las ventajas y las desventajas de mezclar las palabras de diferentes idiomas —o, para ser más exactos, las maneras de hablar de un mismo idioma—. Joan me aconseja separar mentalmente, como si fueran estanterías de una biblioteca o de una batea, las palabras del español del Río de La Plata de las otras palabras, las palabras del español de España. Quizás él diga otra cosa. ¿Y yo qué es lo que digo? Es hora de irme. *Mira toda la fiesta de afuera buscando la emoción verdadera*, García dixit. Neurus se perdió y el Estrecho me observa con furia. No me importa qué pueda decirle Marilyn al oído. De hecho, ¿qué puede decirle Marilyn? Despejo las elucubraciones y hay una sola certeza: es hora de volver a casa. *Me escapé sin pensar. Escuché a los Beatles y me fui a buscar la soledad. Y vos también estabas verde*, Charly dixit. ¿Estabas verde, Lucrecia? No lo sé, yo, a estas alturas, me volví daltónico. Para ser un príncipe azul, ando bastante desteñido. Abro la puerta del piso. La cueva está encantadora. A veces la soledad tiene sus curiosas compañías. ¿Qué pasa esta noche en el piso? Desde la ventana, la plaza del Raval. Unos chicos se pelean; un hombre le roba la cartera a una mujer confiada; el hombre sale corriendo; la mujer confiada primero se enoja y luego llora. Después, llegan más personas. Se agolpan. ¿Cabildean? ¿Conciliábulos? ¿Revoluciones? No, no es ni la fecha ni el día —ni mucho menos es la hora— para armar una revolución. Así que dejo de mirar por la ventana y enciendo el equipo de música. En el piso no hay espejos. De todos modos, cierro los ojos. Las ventanas son mejores que los espejos. *Yo soy un gato de metal, vivo en un agujero. Tengo una ansiedad como de año nuevo*, Charly dixit. ¿Duermo? ¿Toco la guitarra? ¿Salgo, de nuevo, a la calle? ¿Cuántos días llevo sin dormir? *A la mañana me acuesto con el día. Pero a la noche me acuesto con tu voz. Hay alguien que me quiere ver. Estoy dileando con un alma que no puedo entender*, Charly dixit.

«Hablás como en una mala traducción», dice el escritor. «Después de un tiempo todos hablamos como en las malas

53

traducciones», agrega el escritor y mira hacia ningún lado. ¿La del viernes en el barrio de Gracia es una fiesta de «malas traducciones»? Quizás. ¿Cuánto falta para el viernes? Tendría que saber en qué día vivo. «¿Querés saber la historia de Marilyn? La historia de Marilyn es una historia de malas traducciones», dice el escritor y yo pienso que Marilyn está loca. Y pienso en Joan y en su disquería perfecta. Baterías, estanterías, palabras: todo se va a la mierda. Todo es un caos y en el caos está la perfección. El fragmento y la constancia. El círculo. Siempre el mismo punto. ¿Pero quién puede entenderlo? Pocos esquizofrenizan. Y el escritor habla. ¿Cuántas historias de Marilyn me han contado? *Las mujeres vienen al mundo sin saber por qué, ellas tampoco entienden el significado*, Charly dixit. Si ellas no entienden el significado, ¿cómo lo vamos a entender nosotros? Absurdo. Todo es absurdo. Hay muchas historias de Marilyn. La otra noche Marilyn le contó al Estrecho una historia extraña. El Estrecho me contó aquella historia que Marilyn le contó. ¿Por qué la otra noche el Estrecho me miraba con furia? Quizás yo esté paranoico. *Quizás estoy loco, nena, pero estoy loco por vos*, Charly dixit. Pero ahora el escritor me habla de Marilyn y dice que Marilyn es Marilyn aunque no se parece en nada a Marilyn. Y yo de eso, de la falta de parecido entre una y otra, me había dado cuenta solito. Marilyn dice que es hija de Marilyn y que Marilyn no murió cuando todos pensaron que había muerto. *Marilyn tomó demasiadas pastillas ayer. La habían dejado sola, le habían mentido*, García dixit. Marilyn cuenta que Marilyn, su madre, no soportaba más la fama y no toleraba que su figura fuera a envejecer. Así fue que la mítica Marilyn se despidió de Marilyn, o sea, de ella misma. Todos lo creyeron cuando se tragó varios frascos de pastillas. Todos creen que murió hace una pila de años —y en parte es cierto—. Pero no es cierto del todo. Ella decidió que la femme fatale muriera joven. No toleraría que la estrella de cine envejeciera al igual que cualquier otra mujer. Marilyn no es cualquier otra mujer. Marilyn es Marilyn, dice Marilyn. Y el escritor me cuenta que Marilyn se tiñó el pelo de negro y comenzó un largo periplo por el mundo en donde nadie la reconoció. Llevaba siempre escondidas las fotos de su momento de esplendor. ¿Cómo reconocer a Marilyn si todos pensaban que estaba muerta y que era rubia? La espléndida rubia, con el cabello teñido de negro azabache, vagó por el mundo y ejerció varios oficios hasta su muerte. *Sana y salva la Cenicienta nunca fue feliz, siempre fue una fregona vuelta princesa*, Charly dixit. La mayoría de los trabajos que Marilyn realizó cuando dejó de ser Marilyn fueron ilegales. Mientras tanto, ella envejecía. En algún momento de su vida post Marilyn, Marilyn tuvo una hija. Y, obvio, le puso de nombre Marilyn. La anciana Marilyn, con el cabello graso y teñido de negro, murió en la cama a finales de los años noventa. Debajo de la almohada, impoluta, la mítica foto con la falda blanca levantada. *Con la pollera blanca flotando en el viento la ves, sobre los subterráneos había nacido*, Charly dixit. Había cumplido con su objetivo: la mítica rubia la sobreviviría. Ella, si bien ya no era la blonda deseada por todos, durante su vida post estrellato sedujo a muchos hombres. Se acostó con varios tipos importantes que no sabían que la morocha que tenían al lado era Marilyn. Ellos soñaban con Marilyn y ella los veía soñar con la mujer que ella misma había sido. Eso a ella la excitaba. Marilyn se mantuvo al margen de las cirugías estéticas. Dejó que su rostro se ajara con el inevitable paso de los años. La vejez era la mejor de las máscaras, la manera más eficaz para esconderse y lograr que nadie la reconociera. De todos modos, Marilyn pensaba que la verdadera Marilyn, la bella y seductora Marilyn, había muerto aquel día en que todo el mundo pensó que había muerto. *Y cuando la vimos morir, la vida nos vino a decir: «Esto no es un juego, loco, estamos atrapados»*, Charly dixit.[1] Desde aquella primera muerte, cuando Marilyn veía una foto de la rubia que ella misma había sido se entristecía. Y también se excitaba. ¿Se masturbaba Marilyn con la foto de la rubia Marilyn? ¿Ella, al igual que los hombres que se acostaban con la rubia teñida de morocha, pensaba y soñaba con Marilyn? La pérdida de la belleza trae aparejada la morbosidad. «Es una historia de malas traducciones. Es la historia de una loca», dice el escritor. ¿Quién es la loca: Marilyn o Marilyn? *La mediocridad para algunos es normal. La locura es poder ver más allá*, Charly dixit. Sea como sea, la locura es una mala traducción. Un círculo del que no se puede salir. Ya no existe el idioma original. ¿Qué es lo que traducimos? Por suerte, se han perdido los referentes y los originales. *Ya lo dijo Dios a los primeros habitantes del planeta: «No coman de esa fruta, les traerá problemas». Querido, el resto ya lo sabemos*, Charly dixit. Busco en los bolsillos y no tengo un duro. Se lo digo al escritor y, entonces, le pido —descaradamente— que me invite otra copa. Él tampoco tiene guita pero invita una nueva ronda. ¿Hoy todavía le aceptaron el esperma al escritor? No lo sé. «Quizás vaya a la

---

1. ¿*Esto no es un juego, loco* o, por el contrario, *esto no es un juego loco*?

fiesta del viernes. Tengo que hablar con alguien de los que van», dice, enigmático, el escritor. Yo me preocupo por mi falta de efectivo. Es que llevo varios fines de semana sin tocar con la banda y escasean los ingresos. No le explico nada al escritor. ¿Para qué explicárselo? Ni siquiera sé su nombre. Cuando llega el vaso propongo un brindis a la salud de las mujeres teñidas. ¡Salud! Y silencio, por favor.

El pibe tiene una melange de idiomas en la cabeza que te la voglio dire. Así, el pibe un día habla de una manera y al día siguiente de otra. Es más, ni siquiera hay que esperar que pase un día para que él cambie la manera de hablar. Sorprende a cada instante. En cada frase, en cada oración que dice, el pibe mezcla palabras. Yo lo entiendo a la perfección. Ergo, yo también debo mezclar palabras. Eso dicen. *Yo solo tengo esta pobre antena que me transmite lo que decir,* Charly dixit. Según el escritor, hablo como en las malas traducciones. Pero el pibe es peor. Al menos yo creo que el pibe es peor a la hora de mezclar palabras. De él se ríen. El pibe es un bravísimo rapaz. Y él habla —¿por qué le digo pibe a un pibe que tiene solamente algunos años menos que yo?—. ¿Yo no debería estar triste o consternado? Es que esquizofrenizo y entonces la cabeza no para. Si presto demasiada atención a ciertas situaciones me vuelvo loco.[1] *Todo el mundo loco y yo sin poderte ver,* Charly dixit. Si al menos supiera a quién quiero ver... (¿a la mujer de las rastas?, ¿de nuevo a Lucrecia?). El bocho piensa muy rápido y así me

1. ¿Será, acaso, la esquizofrenización la locura que me protege de la locura?

convierto en una especie de espectador de la escena. *Yo nací para mirar lo que pocos pueden ver. Yo nací para mirar*, Charly dixit. Lugar físico en el que se desarrolla la escena: la puerta del edificio en el que vivo. Personas que participan en la charla: el pibe, Teodora y La Travesti Lacaniana —tendría que agregarme, pero prefiero hacerlo en condición de espectador de la escena, o sea, no me agrego—. Tema: la aparición sin vida del ciego, el hombre para el que trabajaba Teodora. Teodora llora y cuenta las vejaciones que el ciego le hizo pasar. *Ey, gilipollas, sirvan al rehén. Denle lo que pida, también denle de comer. Cuiden sus pastillas. Tengan el control. Nunca va a enterarse si es la luna o es el sol*, Charly dixit. ¿Quién controla a quién? Yo escucho al pibe cuando le dice a la peruana que se quede tranquila. ¿La consuela a Teodora porque Teodora se quedó sin trabajo o porque Teodora se encontró con un muerto? Las vejaciones se terminaron pero el trabajo de Teodora también. Y, encima, no se sabe de qué murió el ciego. ¿Lo mataron? Es todo tan confuso. ¿Quién le pagaba a Teodora? Porque el ciego no la había contratado, sino que ella había sido contratada por un familiar del muerto para que cuidara del ciego. ¿Cuál es el nombre del ciego? En esta ciudad nadie tiene nombres. Solo apodos. Afuera del edificio la peruana llora, el pibe habla y La Travesti Lacaniana intenta consolar a los presentes. Porque el pibe, a pesar de que nunca había visto al ciego, está nervioso. Se lo ve nervioso porque, según él, la aparición de un muerto en el barrio arrastra en toda la zona una estela de mala suerte. La muerte, a partir de ahora y según el pibe, acecha al barrio. No serán tiempos de providencia. ¿Y cuándo lo fueron? El pibe se acomoda el pelo y habla entrecortado. La Travesti Lacaniana lleva a su perra en brazos y observa a Teodora. La peruana tiembla en la puerta del edificio. ¿De dónde vino este pibe? Vivió en Italia, en Francia, en Portugal y en Madrid —eso es lo que dice—, pero su lugar de nacimiento es un misterio. ¿Singapur? ¿Marruecos? ¿Honolulú? ¿O el barrio de Chueca? Él trabaja en la cervecería de la esquina, creo. Lo seguro es que el pibe quiere seducir a Teodora y, entonces, La Travesti Lacaniana, entre incómoda y divertida, habla hasta por los codos. Ella, La Travesti, pregunta por el cuaderno que el ciego había comenzado a escribir antes de su muerte. «¿Habrá datos en el cuaderno del ciego a partir de los cuales pueda conjeturarse un diagnóstico que nos lleve a comprender el pasaje al acto del ciego en cuestión?», pregunta La Travesti Lacaniana —quien da por descontado que se trató de un suicidio y no de un asesinato—. O, al menos, La Travesti pregunta algo parecido a eso. No entendí bien lo que ella dijo. Y el pibe y Teodora, menos. Él es más joven que la peruana. Ella no se da cuenta de nada. *Y dentro de su cuento ella era Cenicienta. Su príncipe era un hippie de los años sesenta*, Charly dixit. En los sueños nunca habían entrado los muertos. Y los hippies de los años sesenta, querida Teodora, ya no quedan. Ergo, uno siempre elige a partir de lo que hay. *Lo que ves es lo que hay. Todo el mundo quiere olvidar*, Charly dixit. La Travesti Lacaniana se aleja triste porque había soñado con apoderarse de los cuadernos del ciego y convertir esos cuadernos en las nuevas memorias de Schreber. *Ey, linda nena, ¿dónde vas a ir cuando ya no queden más lugares para huir?*, Charly dixit. El pibe le habla a la peruana. *¿Qué pasa? ¿Qué estoy haciendo acá? Canciones de jirafas con el cuello hasta acá,*

García dixit. Yo también me voy y pienso que en el edificio en el que vivo ha aparecido un muerto. ¿Hubo un asesino? ¿Se trató de un suicidio? De cualquier modo, a la noche hay fiesta y yo no tengo espíritu de detective. Tampoco creo en supersticiones. ¿Por qué tendría que ser supersticioso? Nunca tuve suerte. ¿A qué nos aferramos los que no tenemos suerte y no creemos en nada?

los asesinos de la lengua

Cuando abren la puerta me doy cuenta de que llegué temprano. El flaco no suelta el picaporte y me mira fijo a los ojos. ¿Se agarra del picaporte de la puerta porque tiene miedo a caerse? Tiene los ojos rojos. *Me dijeron que hay alguien que tiene de la buena*, Charly dixit. Esa es, supongo, la clave para entrar. Y, entonces, entro. ¿Es demasiado temprano o demasiado tarde? Es temprano. *¿Dónde estoy? Ya no existe el reloj. Ya no existe la arena*, Charly dixit. Palpo mis bolsillos. Es lo que se diría un tic, un movimiento reflejo de otras épocas. Voy limpio. En el salón del piso hay desparramadas algunas personas. Hablan. ¿Algo importante? Ellos piensan que son seductores. De cualquier modo, no los cuento ni los escucho. Les hago un gesto que parece un saludo. Y ellos contestan al saludo. Todavía no llegó nadie de los míos, o sea, de los que conozco. Ni el Estrecho ni Lady G ni Neurus ni el escritor se pavonean por acá. Así que soy un extraño. *Acabo de llegar, no soy un extraño*, Charly dixit. Pero yo siempre soy un extraño cuando hay mucha gente. El escritor prometió venir y eso me causa intriga. Mientras espero a la gente, camino por el pasillo y busco algo para tomar. *La*

fórmula de la felicidad: menta, dos hielos y agua, Charly dixit.
Con el vaso en la mano, mapeo. Hago un rastreo de campo,
que le dicen. El piso tiene techos altos y hay una puerta que
da a un balcón francés. Me quedo callado. *Mira toda la fiesta
de afuera buscando la emoción verdadera,* Charly dixit.[1] Sin embargo, la fiesta todavía no se convirtió en la fiesta. Estamos
en los prolegómenos, diría. O sea, todavía se mantienen las
apariencias y la vergüenza. No presto atención a lo que dicen las personas que están sentadas. ¿Me miran o me vuelvo
paranoico? Cierto, ya era paranoico. Es sabido: los paranoicos tienen razón. Y yo suelo tener razón. Es que hablo poco
y eso facilita las cosas. Uno de los chicos, el que tiene la remera del Che, se acerca al equipo de música y elige una canción. *Están tocando aquella canción que no es mi canción. Ya ves,
no tengo nada que hacer en esta función,* Charly dixit. Una vez
en el balcón francés, y con el vaso en la mano, enciendo un
cigarrillo. Son muchos los que van y vienen por la calle. Es
viernes a la noche, día adecuado para emborracharse. O, al
menos, para salir. Para mí es un día adecuado para fumarme
unos cigarritos. A pesar de que no fumo casi nunca. Pero
hay veces en las que es necesario fumar para esconderse detrás de algo. Aunque ese algo sea puro humo —¿puro
smog?—. Es que tengo ideas extrañas en las fiestas. Por
ejemplo, cuando estoy en una fiesta pienso que las otras fiestas son mejores que la fiesta en la que estoy. Me sucede lo
mismo con los bares. Y con las mujeres. ¿Vendrá Lucrecia?
Pero esta vez no creo que haya una fiesta mejor —¿acaso
otros bares? ¿otras mujeres?— sino que tengo ganas de estar

1. ¿Existen las emociones verdaderas?

en el piso del edificio de enfrente. A través de la cortina, en el piso de enfrente, se ven las sombras de una mujer y de un hombre. A mí me gustaría ser ese hombre y estar con esa mujer en ese lugar. Pero estoy acá, justo enfrente de donde quiero estar. Tocan el timbre. No me doy vuelta para mirar quién entra al piso. En el living, y apartado del grupo, el chico de la remera del Che se encarga de la música. Él lleva barba. Prolijamente desprolijo, un estilo. Yo hace días que no me afeito. ¿Soy progre o simplemente cínico? That's the question. De los que acaban de entrar, algunos se agregan al grupo que venían charlando y otros forman un círculo aparte, el círculo de los recién llegados. Todos cabildean. O, mejor dicho, toman confianza. Y beben. Yo ahora les doy la espalda y me apoyo en el balcón. Todavía no llegó ninguno de los «míos». Pero es temprano. La fiesta será fiesta cuando suene la —insoportable— música electrónica. Y cuando todos vayan puestos. Los miro a la distancia. ¿A qué se debe mi inclinación al voyeurismo, ese gusto por imaginar a las mujeres sin ropa, ese gusto por mirar todo desde afuera? Mirar desde un balcón es una actividad propia de un voyeur. *Arriba en el balcón está el sur. Tiene la estrella de dios y la certeza de que todo pertenece a través de una canción,* Charly dixit. Yo no tengo certezas. Lo mío son las dudas. O eso creo. Más que cualquier otra cosa, lo mío es la música. La música esquizofreniza. ¡La esquizofrenización al poder! «¿Qué haces acá?», pregunta, de pronto, el Estrecho al abrir la puerta que da al balcón. ¿En el balcón o en la fiesta? No sé a qué se refiere el Estrecho cuando me pregunta qué hago acá. Pero antes de que le conteste se vuelve a perder entre la gente. Han llegado los «míos». El Estrecho no quiere dejar sola a

Lady G y Lady G, es evidente, quiere alejarse del Estrecho. Ay, ay, ay, Estrecho, no es necesaria la marcación personal. Lady G sabe esquivar cualquier marcaje. Más allá de todos, el pibe de la remera del Che sigue eligiendo la música. Nadie —menos yo— se dio cuenta de la música que elige el chico de la remera del Che y es por eso que lo dejan elegir. Sobre todo, lo dejan elegir porque no escuchan la música. Más tarde, dicen, habrá música electrónica. Desde hace un tiempo ni al Estrecho ni a Neurus les importa verdaderamente la música. El Estrecho se mueve cerca de una bellísima —y cruel, of course— Lady G. Ella espera, paciente, la ocasión para apartarse del Estrecho y dar rienda suelta a sus movimientos más crueles. Más de uno espera la distracción del Estrecho para atacar a Lady G. A Lady G le encanta que los hombres la ataquen. Y a los hombres, se sabe, nos encanta caer en las trampas de las mujeres crueles. Lady G es una mujer que sabe moverse en lugares pequeños, así que, Estrecho, creo que en algún momento de la noche tu chica logrará esquivarte. Neurus, con el móvil en la mano, todavía no comenzó con las fotos. Solo escribe mensajes de texto. A su lado, el escritor. Pero Neurus no presta atención a lo que le dice el escritor. El escritor busca a Neurus para cobijarse, para esconderse del resto de la gente y hablar con alguien. El escritor le tiene miedo a la gente. Yo, escritor, no pienso ir a tu rescate. Si me acerco, escritor, nos hundiríamos los dos. Y a mí me gusta hundirme solo. No le tengo miedo a la gente, a mí, simplemente, —a veces— no me gusta mezclarme con los otros. *Cuando me mires a los ojos y mi mirada esté en otro lugar no te acerques a mí porque sé que te puedo lastimar,* Charly dixit. A pesar de que llegaron algunos de los «míos», no me acerco a ellos. Yo / ellos / los otros / los míos / los ajenos: parecen que, poco a poco, se llena el piso de gente. Pero el balcón, al igual que la noche, está encantador. *Me siento solo, lindo, joven, viejo, triste, loco, nuevo, viejo y usado. Me siento lejos, cerca, fuera, linda, fea, loca, fuera, vieja y usada,* García dixit. El Estrecho se aleja y busca —desesperado— a Lady G porque ella se escapó de su lado. ¿Fue a la cocina? ¿Está en el baño? Y yo, a través de la puerta del balcón, escucho frases de las conversaciones. La gente habla en diferentes idiomas. La mayoría habla en español. O al menos lo intenta. Somos los asesinos de la lengua. Creo que ellos no lo saben. En cualquier caso, no les importa. Yo soy el principal asesino de la lengua. La idea me gusta. Aunque tampoco me interese demasiado el problema de los idiomas y las formas de hablar. Lo mío es la música. Es lo único que esquizofreniza. Las mujeres esquizofrenizan. Y a las mujeres, supongo, les gusta el híbrido de mi forma de hablar. Viens avec moi, mulher. Come with me, rapaza. Capicce? Understand me? Amplío el panorama y le echo una mirada a todos los presentes. Quieren ser desprejuiciados. Es su sueño. ¿Después se cansarán? ¿Cómo serán de viejos? *Desprejuiciados son los que vendrán. Y los que están ya no me importan más,* Charly dixit. El presente —al igual que el arte— ha muerto. Ni idea de qué le esperará al futuro. ¿Dejo el balcón? El impulso me detiene en el umbral de la puerta. Escucho. Se habla de las revueltas en París y de la manera en que los conflictos se expanden por toda Europa: Amberes, Brujas, Londres son algunas de las ciudades sitiadas. ¿Alerta? ¿Alegría? ¿Revolución o hartazgo? Quizás puro aburrimiento. Y también impotencia. Al lado del equipo de música hay un pequeño televisor encendido. La luz de la pantalla contrasta con las luces bajas. El televisor está apoyado en el piso y en él se ven imágenes confusas. El aparato no tiene volumen. Yo suelo ver televisores sin volumen. Es lo que tiene el hecho de carecer de televisor propio. *¡Apaga el televisor!*, Charly dixit. O, al menos, bajá el volumen. Los que están en el living miran la pantalla y se indignan porque a España no ha llegado la protesta. «Como si aquí no hubiera problemas», dice alguien. Al chico de la remera del Che no le preocupa el tema. Solo la música. Eso está bien. De alguna manera, me siento cercano al chico de la remera del Che. Escuchar palabras sueltas de las conversaciones ajenas arroja resultados reveladores. *Y yo los miro sin querer mirar, enciendo un faso y digo ¿qué tal? Vamos a pescar dos veces con la misma red*, Charly dixit. Pero tampoco digo nada. Estuve a punto de decir algo. Pero ni siquiera me muevo. Es que hoy no tengo inclinación al camuflaje. Sin embargo, se acercan. *Andan. Yo no sé si son. Yo no sé si van. Solo sé que andan*, Charly dixit. Entre la gente, se mueve La Mujer Que No Hace Preguntas. No sabía que vendría. Ahora, delante de ella, sonrío. ¿Qué otra cosa puedo hacer? *Desaparecer es como sonreír*, Charly dixit. Como no puedo desaparecer, sonrío. La Mujer Que No Hace Preguntas habla acerca del Estrecho y de la bellísima y cruel Lady G. Ella dice que el Estrecho tiene que aprender que ha llegado el tiempo de la revolución femenina y que no hay que apoderarse de las mujeres como si fueran un objeto. Cuando la escucho pienso que, si bien La Mujer Que No Hace Preguntas tiene razón, ella no tiene razón. O, mejor dicho, yo no quiero darle la razón. «Ahora son los hombres los que se han vuelto objetos», dice La Mu-

66

jer Que No Hace Preguntas. El escritor aparece y habla con La Mujer Que No Hace Preguntas acerca del arte de la pornografía. El escritor está preocupado porque conoció la historia de un actor porno que debido a la cantidad de veces que eyacula por día se ha vuelto estéril. El actor porno no puede ni tener hijos ni dejar de eyacular, porque, más allá de que sea un poco asqueroso imaginarlo y decirlo de esta forma, el actor porno come gracias a su semen. El escritor, desde que escuchó la historia, tiene miedo de sufrir el mismo destino que el actor porno y él cree que La Mujer Que No Hace Preguntas le podrá dar una respuesta a su problema. El escritor, de alguna manera, también come gracias a su semen. La Mujer Que No Hace Preguntas se sorprende del miedo del escritor. A ella la preocupación del escritor le parece una preocupación propia de una mujer burguesa, de una mujer antigua. «Es lo que digo, tu reacción tiene que ver con el cambio que han sufrido los hombres. Ustedes ya no saben qué función cumplen en este mundo», dice.[1] ¿De dónde salió Joan? Porque es él ahora, Joan, quien cuenta que alguna vez tuvo que hacer los doblajes de las pelis porno al catalán. Tuvo problemas con los gritos. Los gritos son diferentes según el idioma y hay idiomas en los que los gritos no son seductores. En los gritos se nota la marca de procedencia del acento. Los directores del porno decían, asegura Joan, que los gritos de los catalanes no son seductores. Decir «visca» parece que no calienta a nadie. A lo lejos, veo la figura de Marilyn. El Estrecho se suma y aporta sus —re-

---

1. A La Mujer Que No Hace Preguntas no le hacen falta las preguntas porque, aparentemente, ella tiene todas las respuestas.

cientes— conocimientos del mercado porno. El Estrecho se ha vuelto un experto en la temática debido a los celos que le produce la cruel y bella Lady G. Él se vanagloria de sus conocimientos del nuevo porno europeo. Sobre todo, él le habla a La Mujer Que No Hace Preguntas. Pero es Marilyn quien no le quita los ojos de encima al Estrecho. Él, al hablar, espera respuestas de La Mujer Que No Hace Preguntas. Gracias a los conocimientos del Estrecho acerca del mercado del porno, él puede asegurar que Europa del Este cosecha, desde hace unos años, un palmarés envidiable. Así, por hablar del nuevo porno europeo, el Estrecho descuidó a la bellísima y cruel Lady G. *She is just a woman*, Charly dixit. ¿Es lo que quiero decirle al Estrecho o de lo que quiero convencerme a mí? Te dije, Estrecho, jamás se puede con las mujeres. Y menos con las mujeres que, en lugar de hablar de follar, buscan, directamente, hacer nanay rico con quien esté dispuesto.[1] Despreocupados, hay tres o cuatro pibes que acomodan unas sillas y se sientan en un costado del piso. No están dispuestos a bailar música electrónica. Al menos, no todavía. Ellos forman un nuevo círculo de conversación. La música sigue a cargo del chico de la remera del Che. La televisión, sin volumen y con —las mismas— imágenes violentas ilumina el living. Afuera, en varias ciudades, hay revuelos. *Y aunque cambiemos de color las trincheras. Y aunque cambiemos de lugar las banderas, siempre es como la primera vez*, Charly dixit. Aunque, hay que decirlo, luego de ver veinte veces la misma imagen, nada es como la primera vez. Las imágenes pierden fuerza y se vuelven irreales. El pibe de

1. En el caso de Lady G son varios los que están dispuestos.

la remera del Che se enfrasca con los discos y Neurus saca fotografías con su móvil a la pantalla del televisor. *Yo tenía tres discos y una foto del Che, ahora tengo mil años y muy poco que hacer. Vamo a bailá. Me falta una pierna,* Charly dixit. ¿Cómo saber cuando se nos ha pasado la hora? Es que, más allá que intentemos cierta rebeldía, no dejamos de ser neuróticos. Y, sobre todo, estamos lejos de épater a los burgueses. En todo caso, comeremos paté como burgueses. Todavía no es tiempo de bailar. Llegan más cervezas y los más sofisticados se preparan tragos. Una chica del grupo de los que disfrutan de las sillas y de los tragos arenga al resto para que salgan a protestar a la calle por sus derechos. Ella los alienta para que salgan a la calle pero, se entiende, no quiere que salgan ahora mismo porque esta noche hay fiesta. Y las fiestas son fiestas —además, es verano y en verano no es bueno rebelarse—. ¿Habrá que esperar a mayo? No escucho lo que dice la chica porque busco en la cocina una cerveza. Desde la cocina se ve la puerta del baño. Alguien abre la puerta y veo a un chico inhalando. *La sal no sala y el azúcar no endulza,* Charly dixit. El que sale del baño se frota la nariz. Sonríe cómplice. Una chica fea, de gafas y entrada en quilos, no para de hablarme. La chica fea cuenta las pastillas que debe tomar para la depresión, para la ansiedad, para la angustia y para sus fobias. Pastillas: promesa de felicidad. Ella, sola en la cocina, esperaba que alguien entrase a la cocina para soltarle todo el rollo de su vida. Ese alguien fui yo. «Y va a ser por eso, por las pastillas, que no me dejan beber alcohol. Nada de nada», dice la chica de las gafas mientras yo entierro la cabeza en el freezer en busca de una latita de cerveza (y quizás también entierre la cabeza en el freezer para no escuchar las penurias de la chica de las gafas ni de nadie). *Y damos vueltas a la heladera y ya no queda un limón sin exprimir. Nos divertimos en primavera y en invierno nos queremos morir*, Charly dixit. Por suerte, todavía estamos en primavera / verano. O sea, estamos en temporada —pero siempre vivimos de las rebajas, de las migajas de los otros—. ¡Voilà! Encontré una lata. La chica de las gafas desparrama varias pastillas de diferentes colores sobre la formica de la cocina y desde el living se escucha a otra chica, la chica de la silla que arenga al resto para que organicen las protestas en Barcelona porque, según ella, hay que expandir los movimientos que se originaron en París y que siguieron en Amberes y en otras ciudades de Europa. Pero ahora son muchas voces las que se alinean con la voz de la chica que arenga al resto. Se hace difícil saber qué es lo que dicen. Sería más fácil si caminara hacia el living y prestara atención. Pero estoy bien en la cocina. La chica de las pastillas de colores pregunta mi nombre. Le contesto y ella sonríe. Pienso en las elecciones musicales del chico de la remera del Che y en las cosas que hablan en el living. (Y también pienso en que cuando yo pronuncio mi nombre mi nombre no suena de la misma manera en que suena cuando lo pronuncia Lucrecia.) *Yendo de la cama al living sientes el encierro*, García dixit. Estoy entre el living o la cocina. Mientras tanto, bebo. A la chica de las gafas, las pastillas —ya se ha tomado varias— le dan ganas de hablarme y yo no sé dónde esconderme para no escucharla. ¿Meter, otra vez, la cabeza adentro del freezer? «¿Conoces la historia de Marilyn?» De nuevo, una insufrible historia de Marilyn. ¿Por qué todos hablan de la novia de Joan? La chica de las pastillas dice que ella toma las mismas pastillas que tomaba Marilyn cuando la encontraron. *Marilyn tomó demasiadas pastillas ayer. La habían dejado sola, le habían mentido,* Charly dixit. ¿A vos también te mintieron? La soledad nos persigue a todos —más allá de las pastillas—. La chica de las gafas guarda las pastillas que había desparramado por la formica de la cocina y cuenta la *verdadera* historia de Marilyn. «Pocos saben la verdad», dice y yo escucho la misma historia que todos cuentan acerca de la novia de Joan. Aunque las historias de Marilyn cambien, siempre es la misma. Con el rostro avejentado, la mítica Marilyn vivió en varios países y se unió a los grandes movimientos guerrilleros de la segunda parte del siglo veinte. El consuelo de Marilyn, dice la chica de gafas que dice su amiga Marilyn, es que nadie podía decir que Marilyn había envejecido. La divina y espléndida Marilyn murió gracias a las pastillas y le negó al mundo la posibilidad de que le echaran en cara que se había vuelto vieja y fea. La otra —la misma— Marilyn, la sobreviviente, siguió con su vida y se abrazó a la ideología maoísta. Participó en la revolución cubana y, más tarde, se sintió decepcionada por las ideas de Castro. ¿Se acostó con Castro? ¿Se acostó con Castro y con Kennedy? Marilyn emigró de Cuba a la Argentina y allí participó de movimientos de izquierda. A pesar de sus idas y vueltas con el ERP, Marilyn se une a Montoneros cuando Montoneros pasa a la clandestinidad y ella misma, con sus propias manos, asesina a Aramburu. Pero es en Buenos Aires que Marilyn se enamora de Perón y, del fruto del amor de aquella pareja, Marilyn tuvo una hija: Marilyn. En los últimos días de Perón, Perón conoce al verdadero amor de su vida. Marilyn, cuenta la chica de gafas que le contó su amiga Marilyn, también conoce al amor de su vida. Perón y Marilyn son el uno para el otro. A pesar de la enfermedad del general —y de la edad de ambos—, los dos viven un idílico romance que casi lleva al presidente argentino a nombrar a Marilyn vicepresidente y así darla en herencia al maravilloso pueblo argentino. Perón, por primera vez, se olvida de Evita y Marilyn, por el contrario, encuentra en Evita la guía para su vida. «Si Evita viviera sería montonera», dice Marilyn y canta, en la plaza, la famosa canción: «Con los huesos de Aramburu, con los huesos de Aramburu, vamo' a hacer una escalera, vamo' a hacer una escalera, para llevar hasta el cielo nuestra Evita montonera». Marilyn canta y a Perón no le agrada que Marilyn cante y se vuelva revolucionaria. A él las rebeldías de los jóvenes montoneros no le causan gracia. «Son unos imberbes», dice el general y Marilyn, cuenta la chica de gafas en la cocina mientras engulle un sándwich, se enoja. Pero luego, dado el amor que sienten el uno por el otro, Perón y Marilyn se reconcilian y los dos vuelven a reír. Los celos de Isabelita y las manías de López Rega impiden que Perón ejerza su voluntad de darle a Marilyn el mando del pueblo argentino. Perón se enferma y en su lecho de muerte se entera del embarazo de Marilyn. ¿Nacerá el heredero al trono? ¿Podrá esa mujer, ya entrada en años, dar a luz? Marilyn dice que, en realidad, López Rega y la celosa Isabel envenenan poco a poco al general. Una pugna vil por llegar al poder. El general está a punto de morir y la vida de Marilyn corre peligro. Marilyn, embarazada del general, una noche antes de que Perón muera, tiene que escaparse de la Argentina y nunca más vuelve al país en donde conoció al amor de su vida. Perón le había contado de Madrid, pero ella se instala en Barcelona. Aprende catalán. Preñada y triste, Marilyn tiene una hija. Es demasiado vieja para ser madre. Sin embargo, la niña nace sin problemas. Yo soy la hija de Marilyn, dice en la cocina la chica de gafas y de las pastillas que asegura su amiga Marilyn. *Caspa de estrellas*, Charly dixit. *Y no te olvides nunca que yo soy la hija de la lágrima*, Charly dixit. La chica de las gafas ríe. «Marilyn siempre anda inventando historias acerca de su madre. La de Marilyn guerrillera mola», dice. «¿Tú eres argentino?», pregunta o afirma mientras mastica un bocata. En la cocina, con la cabeza metida en la heladera, no digo palabra. La mejor de las políticas: mutis por el foro. Y me largo. ¿Cuál es la contestación exacta a esa pregunta / afirmación? *¿Será que nací en el sur? ¿Será que encendí la luz de tu amor?*, Charly dixit. Desde el umbral de la puerta de la cocina la gente parece rara. Las luces del living están bajas y el televisor encendido. Así que los cambios de luz en la pantalla del televisor alumbran el lugar. *Coloca vitrina al sur. Reloca titila luz: la ciudad*, García dixit. En este caso —un pisito alquilado entre varios en el barrio de Gracia—, se trata de una pequeña ciudad. Microciudad, incluso, diría. Todas las ciudades, la ciudad. Todos los sitios, el sitio. ¿Ciudad sitiada? De hecho, los que están sentados y algunos de los que siguen parados hablan de las revoluciones. Y de las esperanzas. *Tribunas del futuro pobre*, Charly dixit. Todos discuten y se quejan. *¿Por qué te quedás en vía muerta? ¿Por qué te quedás en vía muerta? No sé por qué vas hacia ese lugar donde todos han descarrillado. ¿Por qué no te animás a despegar?*, Charly dixit. Un juego de espejos y de luces y me veo reflejado en el vidrio de la ventana. En esa suerte de espejo, al lado mío, el chico de la remera del Che. Él, como yo, no abre la boca.

¿Los únicos en silencio? ¿Los únicos que no despegamos? O quizás nadie despegue y seamos los únicos que nos damos cuenta de que estamos atados al piso. Sin embargo, entre las voces, escucho una frase. «El arte ha muerto y eso ni Godard podrá remediarlo», dice ella y yo, entonces, la escucho. Sí, una voz de mujer. La frase precisa no podía ser de otra más que de la chica de las rastas. Mis intuiciones no fallan. *Intuiciones: verdaderas alertas*, Charly dixit. Hay que mirar hacia donde hay que mirar. Pero ¿cuándo entró ella en el piso? Debí verla antes. De todos modos, lo importante es que la mujer de las rastas se encuentra a unos pocos metros. Desventajas —siempre hay desventajas en estas ocasiones—: no se fija en mi presencia —¿ausencia?—.[1] Al lado de ella, otra vez, el tipo que estaba en el recital. Pero la mujer de las rastas, a pesar de que él le toma las manos, lo trata con distancia. O al menos eso creo. O quiero creer. Con una vincha de color negro y unos pendientes enormes, la mujer de las rastas sonríe. *Yo puedo compaginar la inocencia con la piel: yo puedo compaginar*, Charly dixit. Aquella combinación aparece en los ojos de la mujer de las rastas. «No aguanto más», escucho que dice Lady G y me lleva, de nuevo, a la cocina. ¿Puedo preguntarle a Lady G si ella conoce a la mujer de las rastas? Es hora de ponerle un nombre a ese cuerpo, a ese rostro. La chica de las gafas hace una mueca de tristeza o decepción al verme entrar a la cocina junto a Lady G. Con el bocata en la mano y las gafas bien acomodadas, ella sale de la cocina y yo quiero meterme de nuevo en la nevera. Lady G y yo. Los dos solos. Ella me habla de su nue-

1. Hay muchas maneras de estar presentes o ausentes.

vo enamorado, el chico que le hace nanay rico, y de lo insoportable que se ha vuelto el Estrecho. «Solo mira pornografía... No hace otra cosa...», dice —¿resignada? ¿aliviada?— la bellísima y cruel Lady G. Desde que se le metió en la cabeza que Lady G trabaja en el cine porno, el Estrecho no tiene fuerzas para hacer nanay rico con la belleza de su novia. ¿Quizás con otra? Esa posibilidad no se le cruza por la cabeza a Lady G. El hecho de que sepa de su belleza —y de su crueldad— no le permite concebir que su novio pueda engañarla. Para crueldades y engaños está ella. De todos modos, a Lady G no parece importarle lo que haga o deje de hacer el Estrecho a causa de la pornografía. ¿O sí? ¿Herida en su narcisismo? Quizás. A fin de cuentas, ella es una mujer. *She is just a woman*, Charly dixit.[1] «Y tú no sabes lo rico que hace nanay mi chico nuevo», dice la sensual Lady G y yo trato de pensar en otra cosa. Obvio, no lo logro. En el living, el volumen de la música está cada vez más alto. Buenas elecciones las del chico de la remera del Che. *Escucho un tango y un rock y presiento que soy yo*, García dixit. Y yo también soy eso: un tango y un rock. Me asomo y desde el umbral de la puerta de la cocina observo a la mujer de las rastas. *Nunca podrás amarme, solo verme en un papel. Nunca podré decirte cómo es*, García dixit. Me distraje y Lady G me habla cada vez desde más cerca. Cada vez que dice «nanay rico» me tiemblan las piernas. Encima ahora me quita una pelusa de la camisa. *Me vas a hacer feliz, vas a matarme con tu forma de ser*, Charly dixit. ¿Otra vez tendré que esconder la cabeza en

1. Será necesario que me lo repita una y otra vez cuando esté delante de Lady G.

75

el freezer? Por suerte —o desgracia, según con qué cristal se mire— aparece el Estrecho. Toma de la mano a Lady G y a Lady G se le desdibuja todo el encanto del rostro. Ay, ay, ay, Estrecho, lo que tu aparición ha logrado producir en el rostro de tu bellísima novia es un pecado. El Estrecho habla acerca de La Mujer Que No Hace Preguntas y de los miedos del escritor. Entonces, ¡voilà!, cruza la puerta de la cocina el escritor y continúa, él mismo, con la lista de sus temores. La cocina, el backstage de la fiesta. Y yo sin salir a escena justo cuando en la escena me espera la mujer de las rastas. *Voy desvaneciendo sin tu amor*, Charly dixit. El escritor se refiere al miedo de no poder tener hijos debido a la cantidad de eyaculaciones diarias que debe realizar por las donaciones de esperma. ¿Otra vez con lo mismo, escritor? «No serán tantas», susurra, apenas, la bellísima y cruel Lady G. El escritor no escucha los susurros de Lady G. Yo, sí. Siempre escucho. Y, más aún, a las mujeres bellas y crueles. Lady G se escabulle y, atrás, la sigue el Estrecho. Sin embargo, el Estrecho no vuelve al living, se queda cerca de la cocina porque se le acerca Marilyn y ella le dice cosas en voz baja. ¿Por qué el Estrecho me mira mal cuando habla con Marilyn? Lady G se perdió entre la gente. ¿Andará por ahí el famoso chico del nanay rico? A mí me da vueltas la cabeza. *Será porque nos queremos sentir bien que ahora estamos bailando entre la gente. Será porque nos queremos sentir bien que ahora todo será diferente*, Charly dixit. Pero por acá todo suena igual. Salvo las acertadas elecciones del chico de la remera del Che. Al recoger una cerveza del freezer, el escritor me dice al oído que al fin tiene una historia para escribir. Al abrir la lata, la espuma de la cerveza se desparrama por mi mano y entonces no le presto atención al escritor. Ni a nadie. ¿Hay alguien más en este backstage de la fiesta? Cierto, merodea la chica de las gafas, las pastillas y los quilos de más. La chica suda porque hace calor. *Estás buscando un incienso ya. Estás buscando un sueño en el placard. Estás buscando un símbolo de paz,* Charly dixit. Por mi parte, cuando estoy incómodo me olvido del calor. Un gato blanco se agazapa al lado del tacho de basura, bajo la ventana de la cocina, y yo me doy cuenta de que nadie que quiera demasiado a un animal puede ser una buena persona. Pero al escritor no parecen importarle mis divagaciones. Ni los animales. Sobre todo, a él no le importan mis ideas porque usualmente no digo lo que pienso. Pienso, luego hablo: principio que comporta una total pérdida de tiempo. Se sabe: nadie que hable se hará entender. Sin embargo, al escritor el diálogo le resulta vital y es por ese motivo que relata la historia que escribirá. O, mejor dicho, el escritor tiene cierta inclinación por el monólogo. ¿Por qué no escribe en lugar de estar en una fiesta hablando de lo que va a escribir? Yo no escucho lo que él dice. Solo sé que habla de las historias de Marilyn y del ciego a quien cuidaba Teodora. En la fiesta acecha la sombra de Marilyn y de sus historias —inventadas—. Y yo pienso en el poder de los libros. En los libros y en la música. La literatura y la música se relacionan. ¿Las dos únicas artes? ¿El resto —el cine, por ejemplo— es cosa de fetichistas y voyeurs? Puede ser. Le digo algo al escritor. Algo acerca de Chapman y Lennon. Él habla de buenos libros y yo entonces pienso que, después de leer un gran libro, las cosas en el mundo no pueden quedar como estaban. Y un asesinato no es una mala manera de comenzar con el cambio. *Cuando vi-*

niste a mí cerré la puerta, pero abrí. Asesíname, Charly dixit. En el caso de que me maten como a Lennon —y más allá de mis respetos hacia Sallinger y *El guardián en el centeno*— me gustaría que el asesino —mi asesino— llevara entre sus manos un libro de Carver. *¿Quieres hacer el favor de callarte, por favor?* Ese libro no estaría mal. También me gustaría que mi asesino fuera simplemente mi asesino. O sea, que no mate a nadie más. Conmigo basta. Yo nunca voy a matar a nadie. Aunque la esquizofrenización que busco es una suerte de asesinato. El arte: el asesinato metafórico. Decir que un hombre cruzó la puerta no es la mejor manera de decir que un hombre cruzó la puerta. Tampoco es la más cierta. La metáfora —la verdadera metáfora— es la irrupción de lo constante en un breve momento. Después, viene la desaparición y la rutina. *Todo el mundo quiere olvidar,* Charly dixit. Yo no quiero olvidar, lo dije. El escritor se entusiasma con los asesinos en serie y cuenta una leyenda urbana según la cual existen hombres a los que la CIA se encargó de entrenar para convertirlos en asesinos. Asesinos que no saben que son asesinos. Ocurrió durante la guerra fría. Les lavaban el cerebro, así los tipos no recordaban ni el entrenamiento ni el motivo que los llevaba a ser asesinos. El método, dice el escritor, para que se activara en ellos la tarea que debían llevar a cabo —liquidar a un tipo— era la lectura de las primeras páginas de un libro. Un día recibían entre las cartas del correo un libro. «Y el libro de Sallinger era el libro elegido por los de la CIA», agrega el escritor. A Lennon y a Kennedy los mataron de esa manera. ¿Sallinger mató a Kennedy? La leyenda urbana del escritor es estúpida pero bien podría ser el argumento de una novela barata que se vuelva best seller. El escritor podría escribir esa novela y ganar el dinero suficiente que le permita dejar las donaciones de esperma —y dejar, a su vez, de torturar a La Mujer Que No Hace Preguntas con sus obsesiones y miedos—. Detrás del escritor, el Estrecho me mira con furia. Marilyn también. ¿Qué les pasa? ¿Cuántas historias habrá de Marilyn? ¿Marilyn —según la leyenda urbana del escritor— habrá sido asesinada por los de la CIA? Marilyn y el Estrecho se pierden entre la gente y yo salgo de la cocina. Se podría decir que salgo a escena. O, quizás, sea exagerado decirlo de esa manera. Me asomo entre los bastidores, esa sería una expresión correcta. El escritor, mientras tanto, buscará a otra persona para contarle su gran historia —que yo no recuerdo haber oído—. Quizás, vuelva a mí y me cuente de nuevo el argumento de su novela. De cualquier modo, no le presté atención al escritor cuando me contó la historia de su novela. ¿Algo que ver con Marilyn y con el ciego a quien cuidaba Teodora? Voy al baño. La puerta está abierta y adentro hay varias personas. Hay una mujer vestida dentro de la bañera. La mujer de la bañera escucha lo que le cuenta su amiga que está sentada en el inodoro. *Me dijeron que hay alguien que tiene de la buena*, Charly dixit. Un hombre se mira al espejo y fuma. Las dos mujeres no miran al hombre. Es el hombre el único que se mira —al espejo—. *Y los espejos son sortijas; la sortija, un aparato de amor*, Charly dixit. La chica de la bañera mira el techo y su amiga le toma la mano y le pasa el canuto. *La chica de la esquina me está tratando mal. Me vende una droga que no puedo pagar*, Charly dixit. Y yo me aguanto las ganas de mear. Beber cerveza y aguantarse las ganas de mear son cosas incompatibles. Sin embargo, todavía conservo algo de pudor. Eso es una lástima. Se pierde la rebeldía del rock. *Rock and roll, ¡yo!*, Charly dixit. Me siento un poco derrotado. *A veces estoy tan bien. Estoy tan mal. Calambres en el alma,* Charly dixit. El gato que hurgaba en la basura se escabulle entre mis piernas. Ya lograré mear cuando terminen los conciliábulos en el baño. Y si no, vuelvo al balcón y meo desde ahí hacia la calle. Podría arrojar el televisor a la calle. Me gustaría ser el gato. El bicho tiene sus piedritas para mear y cagar en algún rincón escondido de la casa y a él no le molesta la presencia de extraños. Sobre todo, porque los extraños no se desparraman sobre sus piedritas para inyectarse cosas, fumar y hablar. Además, los gatos, cuando están en una fiesta, no están obligados a pasarla bien. Nadie espera que un gato sea feliz. Ni siquiera los dueños de los gatos. Es otra ventaja de ser gato: los gatos no tienen amigos —tampoco tienen dueños, a pesar de lo que crean los dueños—. *Por eso vivo en los tejados. Viajo en subterráneo. Amo a los extraños. Mi comodidad solo es mi aventura: nunca será igual. Nunca nada dura. ¿Vos te querías comprar un perro? Pero soy un gato*, Charly dixit. El hombre que se miraba al espejo sale del baño y protesta por la presencia del felino. Al tipo no le gustan los gatos. El tipo me cae mal —aunque tampoco me gustan mucho los animales—. *Yo soy un gato de metal. Vivo en un agujero*, Charly dixit. Pensar en otra cosa quizás me haga bien. ¿Vuelvo al balcón? La chica de las gafas, la que antes me contaba cosas de Marilyn en la cocina, se acerca y me ofrece algo para beber. Le digo que no y le pregunto si conoce el nombre de la mujer de las rastas. Hace una mueca extraña y, en silencio, se aleja. ¿Dónde está la mujer de las rastas? ¿Cómo se llama? *Yo te quería amar y no sabía tu nom-*

bre. *Te quería encontrar pero no sabía dónde*, Charly dixit. ¿Neurus sabe cómo se llama la mujer de las rastas, la mujer a la que busco y a la que encuentro con otro tipo —siempre el mismo, por cierto—? Neurus no me escucha. O me escucha y no le importa lo que le pregunto porque él simplemente me cuenta que las fotos que cargó en el móvil las colgará en su blog. Neurus ahora tiene blog. Todos los que no tienen nada para decir escriben en sus blogs. ¡Sea narciso: diga lo que —no— tiene para decir en su blog! Después, descuidado, Neurus suelta un nombre y se larga detrás de una imagen. Al menos, eso es lo que él dice. Y yo retengo el nombre: Guadalupe. *Un amor real es como dormir y estar despierto. Un amor real es como vivir en aeropuertos*, Charly dixit. ¿Tienen alguna relación el amor y los aviones? ¿El amor es un viaje? Aunque quiera acercarme, ahora no puedo porque está ese tipo que no deja de hablarle. El mismo tipo de siempre. Por lo pronto, el chico de la remera del Che se aparta del equipo de música y yo no aguanto más las ganas de mear. Se bajan aún más las luces y el gato se mueve frenético entre la gente que baila. ¿Se le perforarán los tímpanos al gato? Creo que a mí esta música también podría perforarme los tímpanos. ¿Hacia dónde va el chico de la remera del Che? *Él solo quiere mirar la calesita de los sueños que se fueron y ya no volverán*, Charly dixit. Yo busco un sitio donde refugiarme de la música electrónica. ¿Cuándo se alejará el tipo ese de Guadalupe? El flaco la agarra de las muñecas y le habla enérgico. ¿Una pelea? Los ojos de la mujer de las rastas son negros y están clavados en algún lugar de la fiesta. *No puedes ser feliz con tanta gente hablando a tu alrededor. Dame tu amor a mí: le estoy hablando a tu corazón*, Charly dixit. Algunos empiezan a bailar. *Éxtasis, todo el mundo quiere éxtasis,* García dixit. El hombre que se miraba en el espejo ahora salta en el medio del living. Vuelvo al baño. En la bañera sigue acostada la misma chica que miraba el techo. Su amiga se fue. De todos modos, las ganas de mear pueden más que el pudor. Después, me mojo las muñecas con agua fría y me miro en el espejo. «Hace calor», dice la chica desde la bañera. Yo asiento con la cabeza y ella abre el grifo. Se moja un poco y dice que el mundo da vueltas. «¿Alguna vez has pensado en sentarte y esperar que el mundo explote? Hoy me ha ocurrido. Fue en la plaza del Sol. O en la de la Revolución. Nunca recuerdo los nombres», dice la mujer de la bañera y los pezones se le trasparentan a través de la blusa mojada. La mujer tiene pechos pequeños. La miro sin pudores. ¿Y la amiga que le pasaba el canuto? «En algún lado, como todo el mundo», dice la chica y cierra los ojos. ¿Es hora de salir del baño o de quedarme con la mujer de la bañera? *Estoy hasta las manos, pero sin dormir. La parca empuja pero no voy a seguir. Arengador suburbano, ya vete de aquí. Si me margino me margino porque sí. Porque yo soy un indeciso, la verdad es que nunca supe bien qué hacer,* Charly dixit. Ella dice que los días son todos iguales y que no soporta la monotonía de su vida. *Nadie pudo ver que el tiempo era una herida. Lástima nacer y no salir con vida,* Charly dixit. «El mundo es un aburrimiento», dice. *Lo que vendrá,* Charly dixit. Es que todo es absurdo. *¿Qué se puede hacer salvo ver películas?,* Charly dixit. El problema de la melancolía es que hay gente —los melancólicos— que se toma en serio a la tristeza. Al igual que a la vida. Cuando se den cuenta de que tampoco en la tristeza —y mucho menos en la vida— hay algo de verdad, estarán curados —de la tris-

82

teza—. ¿Y de la vida? Les espera el cinismo. El cinismo o tirarse debajo de un tren: that's the question. *Y aunque en el mundo haya tantos problemas en el fondo hay una solución. Me voy a tirar del noveno piso, me voy a tirar por vos,* Charly dixit.[1] Hay que recordar que este mundo no cree más que en los chistes —siempre y cuando sean breves—. O sea, seríamos como una especie de formación del inconsciente de alguien.[2] «¿Y tú qué esperas?» Ni idea. Me encojo de hombros. No es una mala respuesta. Ni tampoco una mala pregunta. Quizás, sea una de las más sensatas que escuché en tiempo. Miro a la chica y me siento en el inodoro. Ella no abre los ojos y sonríe. Una media sonrisa se le dibuja en el rostro y cuenta una historia a la que apenas le presto atención. *Y cuando sientas que te va mal y todo el mundo diga que estás loca porque creés en vivir: lo que ves es lo que hay. Todo el mundo quiere olvidar,* García dixit. Y ahora ella se queda en silencio. Desde afuera llega la música electrónica. «¿Te gusta Tom Waits?», dice y tararea una melodía. Reconozco la canción. Aunque ninguna mujer podrá cantar las canciones de mister Tom Waits. No hay nicotina suficiente para gritar y cantar como lo hace en *Anywhere I Lay my Head.* La desesperación femenina no es una desesperación de nicotina. Y mucho menos lo es de voces roncas. Abren la puerta y un hombre se acerca al espejo. Ella sigue con la canción de mister Tom Waits. Canta con los ojos cerrados. ¿El tipo quiere mear y tiene vergüenza?

1. Lo interesante es sobrevivir a la caída desde el noveno piso.
2. El último comentario acerca del chiste como formación del inconsciente podría haber sido dicho por La Travesti Lacaniana; es más, creo que alguna vez se lo escuché decir a ella.

Yo sé lo que es pasar por eso pero ahora, desde este lado —o sea, sentado en el inodoro—, todo se ve diferente y, entonces, lo desafío con la mirada. Pero el tipo no saca los ojos del espejo. No quiere mear, simplemente arreglarse. A través de la puerta abierta se escucha la música electrónica cada vez más fuerte. La gente baila. Algunos tímidos todavía se mantienen apartados. La chica de la bañera susurra la canción de mister Tom Waits pero ya no la escucho. Solo miro sus labios moverse y, cada tanto, darle una calada al canuto. *La chica que esperaba era infinita, como el bajo que perdí. Pegaba las canciones con curitas. Pero hay algo que sangra. Hay algo que sangra en mí*, Charly dixit. ¿La chica de la bañera esperaba a alguien? ¿Tal vez a mí? No lo creo. El tipo que se miraba en el espejo sale del baño y cierra la puerta. La chica ríe y yo me siento incómodo. «Hablas raro», dice ella y pregunta la hora. Pero yo no tengo reloj. Nunca llevo reloj. ¿Y ella abrirá los ojos? ¿Acaso ahora está llorando? «Es que las canciones de Tom Waits me entristecen. Pero es una tristeza que me gusta. Es la soledad buscada.» *Qué placer esta pena*, Charly dixit. La música de mister Tom Waits no es la música que suena en el piso. En el piso hay música electrónica y la mujer de la bañera, sin abrir los ojos, dice que debería salir y ponerse a bailar como todo el mundo. «¿Y tú por qué no bailas?» Quizás lo mejor sea traer la fiesta a la bañera. Creo que es tiempo de salir del baño. «¿Ni siquiera vas a decirme tu nombre?» Contesto y ella me dice el suyo. «Cuando quieras pásate por el café Salambó. Trabajo allí por las tardes. A veces también por las noches», dice la chica y aclara que se quedará en la bañera. Abre los ojos antes de que yo cruce la puerta. «Tengo que verte así te recuerdo.

Por si pasas por el Salambó...», dice pero ya no sonríe. Tampoco mantiene los ojos abiertos. ¿Desaparece simplemente con cerrar los ojos? Envidio su capacidad para abstraerse del resto de la gente que se pasea por el piso. Miro, por última vez, la blusa mojada y los pechos pequeños. Ella nunca me recordará. ¿Y yo? No suelo ir al Salambó. Cierro la puerta. Dejo a la mujer sola pero no por mucho tiempo. Son varios los que ahora entran al baño y yo me escabullo entre la gente. ¿Ir a la cocina? ¿Hablar con alguien? Quizás tenga que encontrar a Guadalupe. Pero, ¿adónde? *Y el amor espera. Y ya es primavera. Y la mesa, cera. Y la vela, nada,* Charly dixit. Podría convertirme en gato. Las delicias de ser felino. «¿Vos sos argentino, no?», me espeta (¿o es puta?) una chica rubia y bajita. ¿Qué contestar a la sempiterna pregunta? «Me dijeron que somos del mismo barrio. ¡Qué flash! ¿No? Digo, porque es loco que nos crucemos acá. ¿Vos hace mucho tiempo que viniste?» *Argentinita, ¿dónde vas a estar cuando la gente no te quiera ni mirar? Voy a saltar adentro tuyo comiéndome poco a poco tu orgullo. ¡Saquen y eliminen a esta tonta de mi rock and roll,* Charly dixit. Se acerca un hombre y besa a la mujer. Aprovecho el beso, el ruido —música— y la luz tenue para apartarme. En el balcón, de nuevo, se respira aire puro. «¿Dónde te habías metido?», pregunta el Estrecho y se queja porque no puede seguir a Lady G. Si bien el piso no es tan grande como para que su novia se le escape, el Estrecho no puede seguirle el ritmo. Es que la cruel y sensual Lady G sabe moverse. *El viejo truco de andar por las sombras,* Charly dixit. ¿Y vos Estrecho? ¿Cuáles son tus trucos? Cierto, él aprendió a la perfección los trucos del nuevo porno de Europa del Este. Pero no creo que el porno te ayude a retener a tu novia, estimado Estrecho. De todos modos, no le digo nada. ¿Qué podría decirle? De lejos, Marilyn me mira con furia. Detrás de Marilyn, alcanzo a ver a Lady G hablando con un hombre. Podría decírselo al Estrecho, pero antes de que salga alguna palabra de mi boca, Marilyn lo toma de la mano y se lo lleva hacia algún rincón perdido. «¿Has hablado con Delfos?», pregunta Joan y yo me encojo de hombros. ¿De dónde salió Joan? ¿Y Delfos? «Delfos es el oráculo», dice Joan y yo miro hacia la calle. ¿Por qué algunos vienen al balcón? Cada vez quedan menos refugios. *Aislando las cabinas procesamos el dolor. Cerrando las cortinas mantenemos la ilusión*, Charly dixit. A Joan no le interesan los movimientos de Marilyn. Él no la sigue a todas partes como hace el Estrecho con Lady G. Él simplemente enciende un cigarrillo y cuenta las historias que cuenta el oráculo. ¿Y de dónde saca sus historias Delfos? Cierto, se han perdido los referentes —por suerte—. ¿A quién podría importarle quién ha escrito el futuro? El oráculo se encuentra en una de las habitaciones del piso. La habitación está a oscuras y, sentado en uno de los rincones, sobre almohadones rojos y verdes, Delfos, el oráculo, habla sin abrir los ojos. Viste una túnica. En todo caso, así describe Joan al oráculo. ¿Qué le preguntaría Joan al oráculo? ¿Y yo? ¿El oráculo sabe de música? Porque a mí es lo único que me interesa. *Yo estaba en un lugar a punto de caer. Y aunque te parezca extraño, música es lo que das*, Charly dixit. La música: el arte de combinar los sonidos. O sea, la combinación entre los sonidos y el silencio. O, mejor dicho, entre los sonidos y los silencios. Porque el silencio, si bien es constante, nunca es el mismo. Hay que encontrar en los silencios los sonidos que nos persiguen. La música siempre es la misma. Y nunca deja de perseguirnos. Quizás por eso los locos se tapen los oídos. Se deben juntar todas las piezas del rompecabezas y crear la canción perfecta. Las canciones, la canción. *La canción sin fin*, Charly dixit. Pero el oráculo no sabe de música. Ni de canciones. Delfos se dedica a las adivinanzas. Cualquiera puede adivinar el futuro porque el futuro llegó y anunció que no existe. El mundo es punk: no future. Sin embargo, Joan no sabe qué decirme. Quizás no sepa qué decirme porque apenas hablo. El mutismo que practico suele incomodar a la gente. Es que si el futuro no tiene nada que decirnos, ¿qué sentido tiene que hablemos nosotros? «Yo no sé de música», se resigna Joan. Al menos, una respuesta digna. Me abstengo de darle explicaciones. De todos modos, él tampoco espera una respuesta ni una explicación. ¿Qué espera Joan? «Espero que Marilyn se aburra pronto de la fiesta así podremos irnos», dice —en perfecto catalán— y sonríe. Vivimos a punto de irnos. Las brújulas, como los referentes —placer de reiterarme—, se han perdido. ¿Con qué brújula orientarse para encontrar la brújula perdida? *Hay sombras que vienen y van. Yo no voy a irme*, Charly dixit. «¿Entonces te quedas? Y eso que no pareces llevar bien las fiestas...» *Algunas veces estoy encerrado. La jaula no es tan solo esta pared. Cuando quiero salir, no me importa morir. ¡No tengo fin!*, Charly dixit. Pero las fiestas sí tienen fin. La Travesti Lacaniana me dijo alguna vez que las fiestas son un exceso permitido. Los excesos no duran toda la eternidad. ¿O sí? Dejo a Joan en el balcón. En un rincón el chico de la remera del Che habla con la chica de las pastillas. ¿Le contará, ella, una nueva historia de Marilyn? *Las chicas que no saben reír jamás van a bailar*, García dixit. El televisor muestra imágenes de hombres y mujeres derrotados. Desesperación. ¿Se acercan los desesperados? La gente que espera a los desesperados tiene miedo. En realidad no los esperan, simplemente temen su llegada. Y no hacen más que temer. Mientras tanto, la chica que antes arengaba desde su silla a una nueva revolución, baila extasiada. El resto sigue la misma política. *Todo el mundo quiere olvidar*, García dixit. ¿Qué otra cosa podrían hacer? Al fin y al cabo no es más que un viernes por la noche de verano y en el televisor habla un hombre de poder. ¿Trata de dar explicaciones? *¿Qué sería de nuestras vidas cuando el fabricante de mentiras deje de hablar?*, Charly dixit. Neurus, cansado, me ofrece una cerveza y cuenta que consiguió las mejores imágenes del oráculo. Finjo que le presto atención a las fotos y le hago un gesto de aprobación. Las imágenes, con el tiempo, pierden fuerza. Salvo las que están en blanco y negro. El oráculo Delfos, dice Neurus, se hacía llamar Tony Richards y filmaba películas de clase B. Tony Richards también era un seudónimo. Nadie sabe cómo se llama realmente el oráculo. Ni tampoco de dónde viene. Lo cierto, según Neurus, es que desde que Tony Richards perdió todo el dinero en las carreras de caballos y en los diferentes casinos del mundo, cambió de profesión y frecuenta fiestas casi clandestinas. Abandonó el cine y se convirtió en una especie de profeta. De todos modos, dicen que siempre tuvo poderes. «Él sabía cuándo las películas irían bien y cuándo irían mal. Sin embargo, los poderes le fallaron en los juegos de azar», dice Neurus y cuenta que Delfos llegó a la fiesta gracias a Marilyn, la novia de Joan. Marilyn conoce a Delfos de la época en que el oráculo se hacía llamar Tony Richards. Tony Richards trabajó con la madre de Marilyn en una de sus películas más célebres del cine clase B de los años ochenta. Marilyn cuenta que su madre, Marilyn, para despuntar el vicio del cine, se coló en varias producciones baratas. La mítica Marilyn trabajó en películas clase B cuando ya era una mujer mayor y nadie la podía reconocer. Es que todos la creían muerta. Obviamente, Marilyn mantenía el secreto de su identidad. Y, sobre todo, mantenía el negro azabache en su cabello. Nadie sabía que Marilyn era Marilyn. ¿Y Tony Richards? Él supo realmente con quién había trabajado cuando la novia de Joan le confesó que Marilyn era Marilyn. «Pero él dijo que lo había intuido desde el primer momento en que se cruzó con Marilyn», aclara Neurus. Veo a Neurus perderse entre la gente. ¿Qué busca Neurus? Él dice que busca una imagen. De todos modos, yo sé qué es lo que busco: a Guadalupe. Sin embargo, encuentro la habitación del oráculo y entro. Apoyo el vaso en el suelo y recorro la habitación con la mirada. En el centro: Tony Richards. *Nunca pensé encontrarme con el sabio que me analiza como una ecuación, que espera una respuesta de mis labios mientras yo estoy cantando esta canción*, Charly dixit. Y la canción, se sabe, siempre es la misma. Tony Richards o el oráculo o Delfos se esconde en la oscuridad de la habitación y desde allí profetiza. *Dime qué tengo que hacer. Estoy cansado de estas imprevistas emociones*, Charly dixit. ¿Caigo en la tentación de creer en algo? Simplemente, apoyo la espalda contra una de las paredes y poco a poco me siento. «Hay muertos por todos los sitios. Los muertos nos siguen, nos acosan. ¿Podremos escapar? Tendremos que arreglar las cuentas con ellos», dice Delfos y yo aprovecho para estirarme sobre los almohadones. Aquí la música llega con menos fuerza. Y entonces Delfos describe el Apocalipsis. El fin del mundo se acerca y, según Delfos, todos pagaremos nuestras culpas. *No es el fin. No es el año dos mil. El fin del mundo ya pasó*, Charly dixit. O sea, querido oráculo, profetizás con atraso. Sin embargo, el hombre continúa con la filípica. ¿Por qué tendría el oráculo que escuchar nuestras súplicas? ¿Por qué, acaso, quien conoce el futuro tendría que decir algo? O, mejor dicho, ¿cuál sería el interés de escucharlo? Yo, por mi parte, le pediría que se calle. De cualquier modo, busco una mejor posición sobre los cojines y escucho, con los ojos cerrados, las palabras de Tony Richards. Pienso en la chica de la bañera. ¿Adónde se habrá metido? De fondo, siempre, la música insoportable. *La música está ya tan separada: nadie va a grabar; nadie va a grabarme a mí*, Charly dixit. «Tenemos el derecho de reventar. Explotar por el aire y que nuestras entrañas salpiquen las paredes. Hay que rebelarse contra la asepsia de la vida. La asepsia que nos imponen. Nos matan pero no nos dejan elegir la manera de morir», dice Delfos. ¿Habré visto alguna de las películas de Tony Richards? ¿En cuál de ellas dijo Neurus que participó Marilyn? Entreabro los ojos y el oráculo se pierde en la oscuridad. Apenas si lo veo. Se escucha su voz que anuncia los desastres y, a la vez, la liberación. «Llegarán los días de la justicia. Primero, la sangre y luego los hombres serán libres y cruzarán las fronteras. Todos seremos uno y el uno seremos todos.» *Algún día vas a ver al cretino llorar, convertido en una estatua de sal*, Charly dixit. ¿Cansancio? Quizás se deba a que llevo días sin dormir. O, tal vez, a la voz tenue de Tony Richards que en su papel del oráculo balbucea algunas frases. Palabras sueltas. Solo palabras sueltas a las que no les presto atención porque estoy a punto de dormirme. «... el vuelo del murciélago acaba con las esperanzas atrás hay desesperados que recorren intrépidos los ríos de tinta que nadie escribe porque a nadie le interesa lo que tengan para decir lo que puedan sentir lo que puedan brindar porque nada brindan acaso alguien escucha o alguien lee lo que pudieran decir o lo que tengan para nosotros pero quién es nosotros si nosotros no somos nadie somos alguien que no es nosotros básicamente solemos ser los otros y es curioso que en nosotros estén los otros otros que siempre huyen de qué cuándo por qué hacia adónde aquí preguntas que habría que hacerse no simplemente la culpa católica apostólica y romana y adónde queda roma si todos los caminos llevan hacia roma acaso no será roma un camino que ocupa todo el territorio no hay más que roma que ocupa el camino que recorremos y si todo es camino por qué habría caminos prohibidos que arrastran la cuerda y la cuelgan atrás y luego los vuelos del murciélago que nadie reconoce quizás ni siquiera puedan verse a través de una tibia esperanza que huye repudiada y a los palos siempre hay palos eso siempre hay palos no hay motivo para que no haya palos un palo o dos quizás tres palos que escupen sangre por la boca a causa de los palos que golpean y matan esperanzas vanas de perder de nuevo la dignidad perdida en alguna parte y el fin todo lo perdido que derrumba los vestigios del futuro que vuela y huelga dónde están las huelgas si el derecho huelga y las palabras huelgan y el silencio ocupa la sinrazón si los tiempos ocupan las profecías del ocaso y el ocaso se escapa detrás de la tumba de los muertos del encierro escondidos entre rejas oscuras y lejanos que el sol quema a través de las escamas adónde las camas si no hay camas donde habría camas apenas techo por las noches lo que es el día bajo el sol fuerte del verano que es la única esperanza el verano el único momento de unir las tierras que años atrás pasaron hacia el otro lado y la muerte apabulla entre las calles desoladas ya casi estamos nosotros que no somos más que otros que ocupan el lugar de los que fueron muertos siempre muertos y bien muertos por irse y querer ser otros y ahora que son otros y quieren volver al camino afuera les espera el apiñarse uno al lado del otro el sol los colores rojos azules amarillos en varios tonos y turquesas aunque siempre el único color absurdo color siempre el mismo absurdo color que es lo que ven otros que señalan y atormentan tormentas que traen olas que desbandan la superficie de la esperanza si bien de todos lados hay quien viene y quien va desde cualquier parte hacia cualquier otra parte pero todos los caminos reitero y retiro no son más que roma moverse entre roma y roma ida y vuelta retirar y reiterar hipocresía y mentira en uno pero se mira hacia el mismo puerto la misma parte quien reparte para sí la mejor parte obvio que así ah no que las olas y las tormentas no son más que una de las formas del Apocalipsis de la manera en que se expresa el fin lo efímero de la desunión de los bandos y de las bandas que trafican y que amparan los delirios de los capitanes de qué barco de qué vuelo de qué avión a qué lugar sin palabras más palabras huelgan las palabras huevean las palabras web de palabras a quién le escribe a quién ay quién hay alguien que lee o escribe o busca lo que otros hacen y deshacen pero siempre los mismos que hacen y deshacen y el ritmo y la repetición de los que traman y destraman la trama del cuento y los descuentos siempre a pérdida por los descuentos algo queda afuera en los descuentos mejor peor igual todo sigue siempre igual de mal igual de bien igual de igual...» Punto. Quizás he dormido demasiado. ¿Y la voz tenue de Tony Richards? *En el fondo de mí veo terror y veo sospechas con mi fascinación nueva*, Charly dixit. ¿Qué puede verse en la oscuridad de la habitación? Nada. ¿Sigue aquí Delfos? Incógnita. Alguien habla y hace preguntas. *Algún día va a caer tu maldito disfraz, ese día descansaremos en paz*, Charly dixit. El que hace preguntas piensa que yo soy el oráculo. ¿Hacia adónde huyó Tony Richards? ¿Fue su voz la que escuché entre sueños? *Don't follow leaders*, Charly dixit. Salgo de la habitación. Dejo la posibilidad de inmiscuirme en la piel del oráculo. El que formuló la pregunta y creyó que yo era el oráculo sale detrás de mí y horrorizado se pone a bailar junto al resto. *Estás buscando un porro de papá. Estás buscando un saco de mamá. Porque si nada queda nada da*, Charly dixit. Mapeo. Minuto a minuto la fiesta cambia. Aunque no deja de ser la misma. Es curioso. El piso está repleto de gente y las luces —bajas— no permiten identificar a nadie. ¿Por qué continúa encendido el televisor? Hay quien dice que vendrá la policía. Algún vecino se quejó y, así, la fiesta se acercaría a su fin. Pero nadie hace nada al respecto. Yo tampoco. ¿Cuál, entre todos los que se mueven por este sitio, será Tony Richards? ¿Cuántos nombres y cuántas caras tendrá el oráculo? De todos modos, sospecho que si viste túnica, como dijo Neurus, no será difícil reconocerlo. Pero no veo a nadie con túnica. ¿Y por qué yo querría reconocer al oráculo? El que aparece es el escritor. Habla acerca de su proyecto de novela y de la vida de una chica anarquista que vivió cerca del Park Güell.

93

¿Qué pasa? ¿Qué estoy haciendo acá? Canciones de jirafas con el cuello hasta acá, García dixit. A veces olvido en dónde me encuentro. Sufro del reverso del déjà vu: siento que nunca estuve en ningún lado. O sea, jamás podré sentir que lo que vivo ya lo viví porque tengo la sospecha de que nunca antes viví nada. Soy virgen en lo que se refiere a experiencias. No sabría decir si es una mala sensación. Aturdido, encaro hacia la cocina. Detrás de mí, el escritor. Y detrás del escritor, La Mujer Que No Hace Preguntas. ¿La chica de las gafas? No hay rastros de ella en la cocina ni por los aledaños. Y yo, por lo pronto, busco una cerveza mientras el escritor cuenta la historia que quiere contar en el libro que quiere escribir.[1] La Mujer Que No Hace Preguntas bosteza y protesta por la ineptitud de la chica a la que le estuvo enseñando algunas destrezas ocultas que cada mujer debería descubrir por sí misma. «Y, tú, escritor, en lugar de escribir acerca de falsos compromisos políticos, tendrías que escribir una novela acerca del naturismo.» La Mujer Que No Hace Preguntas agrega que el naturismo es la verdadera revolución sexual. Ella dice que, de hecho, el naturismo es la única revolución. «Tú sigues con complejos de chico burgués. Eres antiguo», lo increpa y el escritor, sumiso, escucha. Así el escritor se entera de la diferencia entre el naturismo y el nudismo. Y también, entre el naturismo y la liberación sexual de los años sesenta. Según La Mujer Que No Hace Preguntas, desde el final de la segunda guerra mundial, los hombres han perdido potencia. Más bien, dice ella, las mujeres, mientras

1. La pregunta debería ser: ¿hay quien quiera escuchar la historia que uno tiene para contar?

94

hacían lo imposible por sobrevivir, comprobaban que los hombres se morían sin pelear lo suficiente. Las verdaderas peleas de la guerra, dice La Mujer Que No Hace Preguntas, son las peleas encaradas por las mujeres. Los hombres se dejan vencer con facilidad. Siempre las mujeres serán más combativas. «Y eso las mujeres lo hemos aprendido hace mucho tiempo», acota. Por mi parte, procuro no escuchar nada. Y mucho menos, escuchar la música que viene del living. *Para aburrirme prefiero sufrir*, Charly dixit. ¿Ellos se aburren o sufren? ¿Llegará la policía? La Mujer Que No Hace Preguntas dice que la pasma está al caer y que por ese motivo ella se retira a sus aposentos. No sin antes, aclara, conseguirse alguien que esté dispuesto a hacerle compañía. ¿Y Guadalupe? Yo quiero que la mujer de las rastas sea mi compañía. Pero hasta ahora no consigo más que perder el tiempo y verla hablar con otro tipo. Ni el escritor ni La Mujer Que Hace Preguntas saben de Guadalupe. *Yo te fui a buscar. Quería que todo fuera eterno. Se fue el amor, llegó el invierno*, García dixit. Vuelvo a la fiesta. La cocina, el backstage de la fiesta, dejó de ser un refugio —al igual que el balcón—.[1] En uno de los rincones, la mujer de las rastas discute con el tipo de siempre. El tipo se va y se mete en el baño. ¿Seguirá en el baño la chica de la bañera, la chica de las canciones de mister Tom Waits? ¿Qué importa eso ahora? Quizás importe porque, sin querer, susurro una canción de mister Tom Waits. La chica de la bañera, pienso, podría liarse con el tipo de Guadalupe y así yo ganaría tiempo. Me

---

1. ¿Cuál será el próximo lugar en el que pueda esconderme? *Aunque estuviera solo sabía jugar: aunque quisiera llorar*, Charly dixit.

acerco a la mujer de las rastas. ¿De qué otra manera comenzar? Siempre hay que dar los primeros —e inevitables— primeros pasos. Le digo algunas cosas y ella se ríe con desgano. «¿Y tú quién eres?» Mejor no hablar acerca de las identidades. *Yo te extraño. Me extraño a mí,* Charly dixit. «No está bien perseguir a una mujer apenas se aleja su novio», protesta. ¿Decirle que ella no es cualquier mujer? Demasiado cursi. ¿Por qué, a veces, surge mi inclinación al kitsch? Entiendo lo que ella quiso decirme: tiene novio. Ay, niña, yo ya me había percatado de ese detalle. Ahora sos vos, Guadalupe, la que tiene que darse cuenta de que ese tipo, el tipo de siempre, no es más que un detalle. Guadalupe dice que me vio antes, en algún otro lado de la ciudad. Y también dice que se acuerda de mí. Sobre todo, recuerda el recital de El Quinto Beatle Thoné en donde tocamos correctos —y aburridos— standards de jazz (es que el dueño del pub no permitió ejecuciones intrépidas y así el jazz se vuelve aburrido). Cuenta acerca de lo que recuerda de aquella noche. ¿Y el tipo que te persigue? Ella, astuta, esquiva las preguntas. O, mejor dicho, evita las respuestas a las preguntas. O quizás yo sea demasiado cobarde para hacer preguntas directas y así, con preguntas indirectas, es más fácil escaparse por la tangente. «Deberías irte. A él no le gusta que hable con extraños», dice Guadalupe. Touché. Sí, soy un extraño. «Además, no quiero hablar contigo. Busca ligar con otra. Conmigo vas muerto», advierte sin sutilezas. Guadalupe dice algo más pero no la escucho debido al volumen de la música. Es que Guadalupe está cerca de uno de los parlantes. De todos modos, ella no parece del todo enojada con mi presencia. Mientras haya vida, hay esperanzas. ¿O no? *Me vas a hacer feliz. Vas a matarme con tu forma de ser*, Charly dixit. El tipo de siempre, antes de tomar de la mano a Guadalupe y llevársela hacia algún rincón perdido de la fiesta, me echa una mirada furibunda. Dice algo. ¿Una amenaza? *No voy a desistir aunque me digan que todo es tan iluso. No voy a desistir aunque me digan que ya no hay nada más*, García dixit. Se pierde Guadalupe en la oscuridad y juro —ante mí mismo— que lograré deshacerme del tipo. *Volveré a abrir tu corazón, aunque pasen mil años te daré mi amor*, Charly dixit. ¿Y ahora? ¿De qué manera continúa la fiesta? Porque todavía no pienso largarme. Quizás lo haga cuando llegue la policía. ¿Me iré junto con la policía? ¿Será una noche en la que duerma en una celda? No será la primera vez. ¿Ni la última? *Tengo miedo de la ley, de un palazo en la nuca y que me trague la tierra*, Charly dixit. Me distraigo con las desoladoras imágenes de la televisión. *Sentir hasta resistir el karma de vivir al sur. Sentir hasta resistir el karma de vivir sin luz*, García dixit. La ley, cuando deja de existir, se vuelve un exceso de ley. ¿Por qué, ahora, recuerdo las palabras del oráculo? ¿Las soñé o las pronunció realmente Tony Richards? Jamás lo sabré. Quizás porque nunca sabré qué es real y qué es producto de la imaginación. Por lo pronto, nadie en la fiesta se pasea con túnica. Ni piensa en las imágenes de la televisión. ¿O sí? Lo único cierto es que desconozco la identidad del oráculo. Para ser profeta no hay que dejarse reconocer. ¿A mí alguien me reconoce? No tiene importancia. Lo importante es que estoy mareado. El alcohol hace efecto. De todos modos, continúo con una cerveza en la mano y, apartado, observo a la gente bailar. *Todo se junta con total interferencia*, Charly dixit. Los que ahora bailan y saltan en el living son cada vez más. Parecen una manada de hombres y mujeres que se masturban colectivamente. *Frotándote las piernas. Llorando en la capilla. Un amor de chicas muertas*, Charly dixit. Cada uno se enfrasca en su mundo mientras roza su cuerpo con el que está al lado. Quizás La Mujer Que No Hace Preguntas podría hablar de masturbaciones colectivas con cierta autoridad. Ella, según me dijo alguna vez, participó en orgías en aquel hotel belga en el que aprendió la mayor parte de las cosas que sabe y que ahora enseña a las mujeres que se lo piden. Sin embargo, La Mujer Que No Hace Preguntas no ve nada de masturbatorio en el baile. Simplemente, dice, bailan. Puro erotismo. Es una manera de bailar, dice, de liberarse —¿de qué?—. Entonces, asunto liquidado. Al menos, para ella. En cambio, La Mujer Que No Hace Preguntas se preocupa por explicarle al Estrecho la diferencia entre el animé y el manga. El Estrecho se interesa en la nueva forma de erotismo visual que viene de oriente. Y el nuevo erotismo se expresa a través de dibujos animados. La Mujer Que No Hace Preguntas está encantada con su posición de maestra de las nuevas sexualidades y es por ese motivo que se explaya en el asunto de los dibujos animados. Aunque prefiera arengar a las mujeres, esta vez ella se conforma con hablarle al Estrecho. Y el Estrecho escucha atento mientras que en el medio del living Marilyn lo mira desesperada. ¿Y Joan? Él se acerca y comenta que alguna vez, junto a su novia Marilyn, tuvo que doblar animé y manga al español. Incluso, algunos dibujos los doblaron al catalán. Porque, según Joan, existe un mercado ilegal de animé y de manga en catalán. ¿Visca el manga? Joan no mira a Marilyn y Marilyn no mira a Joan. De cualquier modo, yo busco a Guadalupe. La veo con el tipo de siempre. ¿La dejará, alguna vez, en paz? Cuando el hombre se aparta, la mujer de las rastas me mira con desprecio. *Ten piedad, no seas así: no le des patadas a los locos. Ten piedad, no seas así: voy desvaneciendo sin tu amor*, Charly dixit. ¿Me vuelvo paranoico o cada vez son más los que me miran con desprecio? Porque el Estrecho y Marilyn, desde el living, no me dedican, precisamente, la mejor de sus miradas. Cuando considero la mirada de los demás, suelo olvidar que soy paranoico. Así que voy al baño. La chica de la bañera ya no está en la bañera. ¿La extraño? En su honor, susurro una canción de mister Tom Waits. Dentro de la bañera hay otras dos personas —¿un chico y una chica? ¿una chica y un chico? ¿dos chicas? ¿dos chicos? ¿acaso tiene alguna importancia?—. ¡Conciliábulos en las bañeras, profecías en las habitaciones! *Las chicas tienen un lugar donde viven esas cosas que asombran. Los chicos tienen un lugar donde ir a conversar*, Charly dixit. Desde el inodoro una chica les habla a los de la bañera. «Después de tanto tiempo cambié el número de móvil. Es super fuerte tía...», dice la chica del inodoro mientras yo le pido que se aparte. Y, entonces, meo. Nadie se inmuta. Tampoco yo. Es fácil perder el pudor. Nunca lo habría imaginado. La chica sigue preocupada por el cambio del número. Abro el agua fría y mojo mis muñecas. El espejo, colgado de un clavo oxidado, está roto. *Sé que mi mirada es triste y que miro con dolor. Sé que a veces ni siquiera soy yo y no sé quién es el tonto en el espejo. Y mi alma no me quiere y se va lejos*, Charly dixit. Esquivo el reflejo de mi imagen. Entra el escritor. La chica del inodoro se mete en la bañera y mientras el escritor mea él cuenta que Teodora está desesperada porque no tiene trabajo. Desde que murió el ciego —¿aburrimiento? ¿asesinato? ¿suicidio?— Teodora no tiene ingresos y así ella no puede pagar el alquiler de la habitación en la que vive. Tampoco tiene dinero para enviar a Perú. «No sabe qué hacer», dice el escritor y cuenta que La Travesti Lacaniana trata de levantarle el ánimo y de ayudar a Teodora. *Bienvenidos a la ruta perdedora*, García dixit. Todavía en el baño, el escritor dice que la fiesta se acerca a su fin y que él tiene miedo de que llegue la policía —¿mossos d'esquadra? ¿guardia civil? ¿militares? Lo más seguro es que no llegue nadie—. ¿Te vas, escritor? «¿Adónde podría irme?» ¿Y yo? *Te vas a ir, vas a salir. Pero te quedas. ¿Dónde más vas a ir?*, Charly dixit. Todavía tengo cosas que hacer en la fiesta. Por ejemplo, volver a la carga con la mujer de las rastas. *Cuando viniste a mí cerré la puerta, pero abrí*, Charly dixit. *No puedo perder por amor ese sentimiento*, Charly dixit. Así que, una vez fuera del baño, compruebo que alguien cambió el canal de la televisión. Ahora se ven videos. El cantante de moda baila y canta en una escena solitaria. *Nunca podrás amarme, solo vivo en la TV. Nunca podré decirte cómo es*, García dixit. Luego, al cantante se le une un ejército de hombres y mujeres. Todos bailan. *Y hasta las personas lindas me dan rabia. Y los chicos y las chicas no hacen nada por cambiar*, Charly dixit. El baile de la televisión y el baile de la fiesta van a destiempo. Es curiosa la imagen. Por su parte, el chico de la remera del Che sigue con la chica de las gafas. Los dos parecen aburridos. ¿Más historias de Marilyn? El escritor, al lado mío, cuenta algo más acerca de la chica anarquista que murió en Italia y que vivió en Barcelona. Dice, también, que mañana irá hasta la casa okupa cercana al Park Güell. «Turist you are terrorist», pronuncia y, entonces, yo sé a qué casa se refiere. De todos modos, escritor, no pienso acompañarte en tu búsqueda de información. Yo soy músico. O sea, puedo vivir desconectado del mundo. Aunque, la mayoría de las veces, el mundo se filtre por la ventana. Mi conexión más importante es la del teclado y la de la guitarra. Todas mis conexiones se dirigen hacia el mismo sitio: el parlante. De cualquier modo, la frase de la casa okupa es acertada. Desde que se inventó el turismo no existen los viajes. Así que el slogan escrito en la fachada de la casa tiene su fuerza. Y encontrar la fuerza en una frase es difícil. Porque los slogans se vuelve constantes y olvidan, por tanto, aquello que irrumpe, lo efímero. Pero ningún slogan esquizofreniza. Quizás, solo aquella frase de la mujer de las rastas: «El arte ha muerto y eso ni Godard podrá remediarlo». Pero esa frase esquizofreniza porque fue pronunciada por la mujer de las rastas. ¿Qué puedo explicarle de todo esto al escritor? No harán falta explicaciones. El escritor se perdió entre la gente. ¿Irá a buscar respuestas en el oráculo? O quizás él simplemente busque a La Mujer Que No Hace Preguntas para saludarla y luego partir. Para el escritor es el tiempo de huir de la fiesta. También se va, luego de una discusión, el novio de Guadalupe. ¡Voilà! Mi —¿segunda?— oportunidad. En el camino hacia la mujer de las rastas se cruza una mujer que habla en francés. Me hace una pregunta. Pero, yo, querida, de francés rien de rien. ¿Una tímida sonrisa de Guadalupe? Punto a mi favor. Se la nota cansada. Y triste. ¿Se peleó con el novio? En realidad el novio no era el novio. Lo dijo para que yo no la molestara. El tipo de siempre la vino a buscar a la fiesta para arreglar las cosas, pero no fue posible. «Y ahora déjame tranquila», dice. Pero no le creo.

Tengo prejuicios que no puedo sacar. Tengo un cuerpo que quiere amarte, al menos hoy, Charly dixit. Intento convencerla de otro modo. «No pierdas el tiempo conmigo. No soy de las que ligan en las fiestas», protesta. Yo tampoco. Sin embargo, ella no me cree. Amaga con irse. Le pido el teléfono. Duda. En cambio, prefiere el mío. Pregunta por el próximo recital. Dice que quizás vaya. Pero no lo asegura. Sonríe tímida y una amiga la viene a buscar. Se despide. Las dos conversan. Yo, por mi parte, observo las —innumerables— fotos que Neurus sacó con el teléfono. La oscuridad de la sala no deja que vea las fotos. De todos modos, finjo interés. Neurus, feliz, baila. Nunca lo había visto bailar. *Y damos vueltas a la discoteca y ya no quedan ganas de sonreír. Nos divertimos en primavera y en invierno nos queremos morir,* Charly dixit. Desesperado, el Estrecho pregunta por la belleza de su novia. Lady G no da señales de vida en la fiesta. Ay, ay, ay, Estrecho, estás más falto de reflejos de lo que yo pensaba. Pero no le digo nada. Me encojo de hombros y le digo que hace mucho que no veo a Lady G. Así, desesperado, el Estrecho sigue en la búsqueda de su novia. Seguramente ella se ha ido. El piso no es tan grande para que él no pueda encontrarla. Junto al Estrecho, siempre, Marilyn. Ella me mira con furia. ¿Joan? Se largó. Mañana Joan se levanta temprano para los ensayos de los castellers. Él participa en uno y, entonces, no puede presentarse medio dormido —y mucho menos con resaca—. El Estrecho deja que Marilyn se aleje unos pasos y, antes de alcanzarla, me dice en voz baja que Marilyn y Joan no se llevan bien. De hecho, se han separado hace unos días y él, el Estrecho, le hace compañía a la pobre Marilyn. «Cuando se pelean las parejas amigas uno siempre se queda más cerca de una de las partes», sentencia el Estrecho. Ay, ay, ay, Estrecho, si supieras que en breve vos también serás una parte de la ex pareja que formaste con Lady G. Pero es mejor que él mismo se dé cuenta solo. Además, el Estrecho ya se perdió en la oscuridad de la habitación junto a Marilyn. ¿Harán ellos también sus preguntas al oráculo? Al fin y al cabo, según tengo entendido, Tony Richards es amigo de Marilyn. De todos modos, yo miro alrededor. Y dejo pasar el tiempo. En la televisión siguen los videos y en un rincón el chico de la remera del Che se ha quedado solo. ¿La chica de las gafas? Al lado mío. «¿Quieres que te cuente otra historia de Marilyn?», pregunta. No, por favor. Basta de Marilyn. Pero yo estoy tan mareado que no me muevo. Mis pies no responden. ¿Remember? *Yo tengo el vicio de dejarme llevar y poner mi cabeza en Marte*, Charly dixit. «Es que Marilyn no murió. Al día de hoy vive encerrada en una mansión. Tiene el pelo teñido de negro y, por las noches, usa una peluca rubia. Dicen que cuando fingió su muerte se rapó el pelo y que con aquel cabello se hizo la peluca rubia. Frecuenta bares de mala muerte y les paga a los gigolós para que se acuesten con ella. Ella les dice quién es pero ninguno le cree. Se ríen de ella a sus espaldas. Se ríen cuando ella les pide que la llamen Marilyn. Y mi amiga Marilyn no quiere ver a su madre Marilyn en esas condiciones», suelta, de todos modos y a pesar de mi oposición al relato, la chica de las gafas. *Usa tu rubor. Escoge tu disfraz. Plumas de gorrión. Sonrisa de zorzal*, Charly dixit. Todas las Marilyn, Marilyn. La chica de las gafas —y de las interminables historias de Marilyn— saca una pastilla y se la toma. La pastilla es azul. Yo jamás tragaría algo de color azul. Ella, sin embargo, la traga sin necesidad de un vaso de agua. Dice que está acostumbrada. Es que los psiquiatras y los psicólogos la atiborran de pastillas. Y ella, al final, se terminó acostumbrando a tragarlas sin necesidad de un sorbo de agua. «Son de un montón de colores. Son como los chocolates M&M», dice. Los médicos también la instan a pensar en positivo. La obligan a pensar en positivo. Pero ella no lo logra. «Esta es para la ansiedad», aclara. «¿Y tú? ¿No tomas pastillas? ¿Te encuentras tan bien que no necesitas pastillas?» Antes de que pueda contestarle a la chica de las gafas, la cruel y bella Lady G —¿dónde se había metido?— me lleva hacia la cocina. «Estoy harta, cariño», protesta Lady G. Ella está cansada de los celos y de las persecuciones del Estrecho. El problema es que la sensual y bella Lady G no tiene el coraje necesario para sacarse de encima a su novio. ¿Cómo decirle lo del chico del nanay rico? El plan de Lady G: lograr que el Estrecho se canse de ella y sea él quien la deje. Pero su novio, el respetable Estrecho, se enfrasca y se retuerce cada vez más en esta situación. *Él siente culpa. Él vive torturado. Él no es tan inteligente. Él nunca avanza, camina de costado. Él tiene miedo a su mente. Es parte de la religión,* García dixit. «Yo no lo quiero ver sufrir pero quiero que me deje en paz.» Y vos, sensual y bella Lady G, no enfrentas al Estrecho y no le dices la verdad. Yo, por mi parte, mutis por el foro. Y el silencio se debe, en parte, a que Lady G me habla cada vez desde más cerca y entonces mis labios tiemblan. *Y a través de la sortija ella lo convirtió en un caballo que gira y gira a su alrededor. Tanto girar, girar es un efecto. Tanto esperar. Esperando que se haga realidad. Él se pasa girando sin parar. Nada es perfecto,* Charly dixit. ¿Somos, acaso, querido Estrecho, dos caballos? Temo que sí. ¿Y la sensual y bella Lady G? Debo repetírmelo infinidad de veces: *she's just a woman to me*, Charly dixit. El infinito se queda corto. Cuando ella habla a escasos milímetros de mí todas las advertencias se olvidan. Por el contrario, las advertencias se vuelven excitantes. *Me vas a hacer feliz. Vas a matarme con tu forma de ser*, Charly dixit. ¿Por qué, en ocasiones, la prudencia se vuelve tan irritante? Yo estaré siempre dispuesto a morir en cualquier rincón de la fiesta siempre y cuando en ese rincón se encuentre Lady G. ¿Y el chico del nanay rico? No es el único hombre —aparte del Estrecho, se entiende— en la vida de la bella y cruel Lady G. «Soy una mujer libre», dice. «No nací para estar atada. ¿Comprendes, cariño?», susurra y no espera respuesta. ¿Qué podría decirle? ¿Decirle, tal vez, que el Estrecho está dispuesto a atarse a sus pies con tal de no alejarse de ella? *Sueña que vos sos como quiere él y así todo lo va a perder*, Charly dixit. «¿Y tu Lucrecia?», pregunta certera Lady G y la pregunta me desarma. *No conozco a nadie y todos saben de mí*, Charly dixit. Balbuceo cosas sin mucho sentido. Hacía un rato que no pensaba en Lucrecia y nadie había sacado a relucir el tema. Por fin, alguien a mi rescate y así evito hablar de Lucrecia. El escritor irrumpe en la cocina y anuncia, enojado, que se va. La presencia del escritor en la cocina me resulta odiosa y, a la vez, pacificadora. De nuevo, la paz. O, mejor dicho, una falsa paz se instala en mi cuerpo mientras el escritor habla. Su enojo se debe, aclara el escritor, a que La Mujer Que No Hace Preguntas no quiere pasar la noche con él —o, para ser más precisos, las primeras horas del alba porque, en breve, amanecerá—. Es que ella, según el escritor, le exigió conocimientos de sexo tántrico y él apenas si sabe de qué se trata eso. «Y primero, parece, tengo que practicar solo», se lamenta el escritor. El primer paso en la práctica del sexo tántrico, según lo que La Mujer Que No Hace Preguntas le dijo al escritor, es lograr el orgasmo solo con la mente. Se debe coordinar la respiración con los pensamientos y así, sin ningún roce corporal, llegar al clímax. El escritor despacha algunos de los consejos que le dio La Mujer Que No Hace Preguntas y Lady G lo mira atenta. Ella acompasa la respiración y gime. Cierra los ojos. «Yo ya aprendí esas cosas, cariño», dice Lady G. «¿Pero tú no tienes bastante con las donaciones de esperma?», pregunta ella y así saca a relucir contra el escritor toda su crueldad. El escritor se retira —¿perplejo? ¿derrotado? ¿con vergüenza?—. ¿Practicará en la soledad de su piso aquello que le enseñó La Mujer Que No Hace Preguntas? De cualquier modo, me importa poco el escritor. Estoy otra vez solo con Lady G. Ahora por la cocina no aparece nadie. Quiero pensar en cualquier cosa para dejar de pensar en las curvas de la bella Lady G. Precisamente, porque quiero dejar de pensar en ella no hago más que imaginar todo aquello que el generoso escote de Lady G sugiere. «Tú no necesitas de las clases y de los consejos del tantra. Si te has acostado con esa mujer es porque sabes las cosas más importantes y las pones en práctica», deduce. *Ella adivinó todo lo que me estaba pasando. Ella adivinó, solo adivinó,* Charly dixit. Lady G se acerca, de nuevo, y me toma una mano. Coloca mi mano sobre su corazón y respira pausada. «¿Lo notas?», pregunta. ¿Qué responderle? *¿Cuánto tiempo más yo te seguiré esperando?,* Charly dixit. Trata de explicarme algo de lo que ella sabe de sexo tántrico y yo flaqueo. «Muero de ganas de hacer nanay rico contigo», susurra y sus labios rozan mi oreja. Y yo me estremezco. Sus labios se pasean por mi cuello y, luego, me doy cuenta de que mi lengua está dentro de su garganta. «Despacio», dice al oído. Pero yo sé que estoy en la cocina de una fiesta y que, por lo tanto, no puedo ir despacio. Es necesario hacer movimientos rápidos. Me dejo llevar y ya no pienso en nada más. Estoy borracho y la fiesta ha sido larga. Y otra vez aparece la sensación contraria al déjà vu: siento como si nada nunca me hubiera sucedido jamás. ¿Despersonalización? *Yo te extraño. Me extraño a mí. Estoy solo. No estás aquí*, Charly dixit. La fiesta llega a su fin. Lo sé. Algo más también termina. Mis sospechas se confirman cuando el Estrecho, de la mano de Marilyn, hace su aparición en la cocina. Marilyn me mira con furia y, a la vez, ríe. Todos gritan y yo, por lo pronto, sigo con mi política. Mutis por el foro. ¿Por qué tendría que defenderme? Lady G se despega de mí y me acusa. Ella dice que yo nunca dejé de acosarla y de buscarla. Le pide disculpas al Estrecho y Marilyn se ríe. Ella aparta a Lady G del Estrecho y el Estrecho se acerca a mí. No me muevo. ¿Esto sucede de verdad? Antes de que quiera decir algo —de todos modos, ¿qué podría decirle?—, el Estrecho suelta una trompada y caigo al suelo. En el umbral de la puerta de la cocina, detrás del Estrecho, la mujer de las rastas observa la situación. Al lado mío, el gato. *No siguen pegando abajo*, Charly dixit. ¿Es la última vez que veo a Guadalupe? Ella cruza la puerta del piso y se va de la fiesta. *Te vas. El mundo gira al revés mientras miras esos ojos de videotape*, Charly dixit. Sé que no volveré a verla. En el living continúa la música. Pero en la cocina hay demasiada gente. El backstage cobró protagonismo. ¿Alguien detiene al Estrecho? Neurus saca fotografías con el móvil y la chica de las gafas se pone a llorar. Ni siquiera hago el intento de ponerme de pie. Apenas me cubro la cabeza mientras el Estrecho se descarga a patadas. No me defiendo. Y así dejo de pensar. *Estoy yéndome. Soy como una luz apagándose. Desde el piso los pude ver, ojos de placer alejándose,* Charly dixit.

zoom

Siempre quise tener una casa para guardar mis cosas y después salir de viaje. El fetichismo le pone trabas a mi espíritu viajero —la falta de dinero también—. Lo más parecido a una casa que tuve jamás es este piso en el Raval. Y cada vez me resulta más pequeño —y más difícil pagar el alquiler—. A oscuras, escucho música mientras, desde afuera, llega el sonido de la ambulancia o de la policía —ya lo dije, nunca aprendí a distinguirlas—. ¿Duermo? De pronto, la voz de Lucrecia. *Resiste, yo sé que existe amor en tu piel*, Charly dixit. ¿Imposible? Lo imposible es ley y las leyes existen para quebrarlas. *No tengo máscara. No tengo disfraz. Ni señales para guiarme*, Charly dixit. El sonido de la guitarra y del teclado se filtra hasta en los sueños. ¿Sueño con música? ¿O música en los sueños? *Yo estaba en un lugar a punto de caer. Y aunque te parezca extraño, música es lo que das*, Charly dixit. ¿Y qué es lo que yo tengo para dar? *Filosofía barata y zapatos de goma quizás es todo lo que te di*, Charly dixit. Y tal vez ahora ni siquiera me queden zapatos de goma. ¿Filosofía? Es parte del arte: ha muerto. Hay que resucitar y así resucitar al arte.

No tengo teca. No tengo grass. Y la heladera no funciona porque la misma es a gas. ¿Comida? No hay más. Estoy en medio de la selva, esto no lo aguanto más, Charly dixit. «Al menos deberías comprar algo para comer», dice el escritor desde un rincón del piso. ¿Con qué dinero? «Y buscarte un trabajo», agrega. A mí los consejos pragmáticos no me gustan. Prefiero cuando el escritor cuenta anécdotas de la chica anarquista que vivió en Barcelona y que murió en Turín. ¿Cuándo escribirá el libro? No hace más que contar fragmentos del libro que piensa escribir. En realidad, él cuenta pedazos de la vida de la chica anarquista. Un libro, escritor, es otra cosa. Es algo más que pedazos de una historia —aunque un libro no deje de ser pedazos de una historia—. De todos modos, yo soy músico y a los músicos nos esquizofreniza la música, no los libros. Pero no todos los músicos esquizofrenizan con la música —ni mucho menos con los libros—. Hay que tener ángel para esquizofrenizar. *Un ángel cuida tu guarida, tu canción. Un ángel cuida tu suicida corazón,* Charly dixit. ¿Habrá que ser suicida para tener ángel? La música: la historia sin palabras. Puro sonido y silencio. ¿Combinación pura? ¿Contradicciones? Otra vez, yo y mis contradicciones —¿las circunstancias no son contradictorias de por sí?—. Hay que saber dominar la combinación entre el silencio y el sonido para no volverse aburrido —y, obviamente, hay que saber moverse entre contradicciones—. A los demás no les interesan mis ideas. O quizás me haya quedado dormido porque cuando abro los ojos, al lado del escritor, está Neurus sentado en una de las —pocas— sillas del piso. ¿Toca la guitarra? Arpegios sueltos. Cuenta, entusiasmado, acerca de su trabajo fotográfico. El blog de Neurus es un éxito y dentro de poco expondrá sus fotografías en un pub del barrio chino. El pub es de unos amigos y cada tanto organizan un vernissage entre tapas y olor a tabaco —entre otros olores y entre otras comidas—. El vernissage sirve para lanzar a un nuevo artista. ¿Hacia adónde? Ni idea. Los verdaderos artistas se ponen a prueba en el momento del aterrizaje y jamás en el momento del despegue. *Puedo aterrizar sin luces. Puedo aterrizar en la oscuridad. Puedo hasta abrazar las cruces. Con solo mirar dices ya entender*, Charly dixit. ¿Quién me mira? ¿Quién me entiende? De pronto, el silencio. ¿O acaso me quedé dormido de nuevo? ¿El escritor? Mutis por el foro. ¿Copió mi política? ¡El silencio al poder! —así nadie se entera de quién tiene el poder—. *El silencio tiene acción: el más cuerdo es el más delirante*, Charly dixit. El escritor está incómodo. Se le nota en el rostro. Y en las manos. Porque le tiemblan las manos. Las mismas manos con las que escribe —si es que alguna vez ha escrito algo—. Las mismas manos con las que consigue el esperma de las donaciones. *Él nunca toca la gente con las manos. Él es tan independiente*, Charly dixit. De pronto, Neurus cambia el tono de voz. Y con el nuevo tono de voz Neurus habla del Estrecho y del odio que me profesa desde que me encontró besando a la bella y cruel Lady G. Después Neurus asegura que él tampoco quiere seguir conmigo. ¿Se acabó la banda? En realidad, no es que Neurus tenga un problema personal, sino que no quiere hacer más música. «Prefiero el mundo de la fotografía», despacha Neurus. Yo no sabía que existía un mundo de fotografías. ¿Qué mundo se representa en el mundo de las fotografías? La representación de la representación. Fotografías ad infinitum. Nos quedan las puras repeticiones.

¿De qué manera inventar un gesto genuino? Somos falsos imitadores. Entonces, en un rincón, sigo callado. Cualquier gesto que haga pienso que es un movimiento dedicado a una cámara. ¿Vos también te bajás del barco, Neurus? Ergo, au revoir. *Fax you*, Charly dixit. ¿Qué otra cosa se puede decir? Me lamento por la cantidad de nombres de bandas que han quedado en el camino sin usar, a saber: Chamameseando con un Chamán —este último era el próximo a estrenar—, Danza de los Círculos Misteriosos, Nebulosa Química, entre otros. ¿Nebulosa Química? ¿Alguien quiere fumar? Neurus arma un faso y, después, habla de Marilyn —¿la actual novia del Estrecho?— y de la triste infancia que ella sufrió. *El sol empieza a salir y en los jardines de su mente hay estatuas que ella debe pulir*, Charly dixit. «¿Marilyn?», pregunta el escritor. Y así, a partir del nombre de Marilyn, el escritor se explaya con una historia de Marilyn que escuchó en la fiesta. ¿La chica de las gafas también le contó historias al escritor? Marilyn: la mujer de las historias interminables. El caso es que el escritor cuenta que Marilyn tenía especial devoción por los escritores y que durante los últimos años de su vida —aquellos años, precisamente, en los que nadie sabía que Marilyn era Marilyn— tuvo una aventura con un escritor ciego. «Desde que se había casado con Arthur Miller ella sabía que los escritores tenían algo para ofrecerle que los demás hombres no tenían», dice el escritor. *No estás completamente inventada. Te falta algo. Te falta amor*, Charly dixit. Cuando Marilyn estaba con el ciego se vestía con la falda de la mítica escena del subterráneo y se pintaba el lunar de forma extremadamente marcada. Ella sacaba a relucir la peluca rubia y se movía como lo hacía cuando era joven —y cuando era realmente Marilyn—. Se imitaba a ella misma y el ciego no se enteraba de nada. Él le contaba historias que ella escuchaba fascinada. Y, según la —¿ex?— novia de Joan, un día la mítica blonda quedó embarazada del escritor ciego. Marilyn dice que ella es hija de Marilyn y de un escritor ciego que nunca supo a quién había dejado embarazada. Él ni siquiera sabía que sería padre. Marilyn huyó y el escritor nunca más supo de ella. Neurus observa al escritor y se queda en silencio. ¿Culpa? No lo sé. De todos modos, al escritor no le interesa la opinión de Neurus —ni la mía— y se imagina a Marilyn enamorada del ciego al que cuidaba Teodora. Quizás, conjetura el escritor, se trate del mismo ciego. «Porque, según dicen, los cuadernos que llevaba el ciego que cuidaba Teodora eran pura literatura», aclara y agrega que La Travesti Lacaniana está desesperada por conseguir los cuadernos de aquel hombre que apareció muerto semanas atrás. ¿Publicación póstuma? Entonces, el escritor se ahoga en la queja de la falta de oportunidades para publicar. Sería mejor, escritor, que antes terminaras al menos un libro y después te preocuparas por la publicación. Y por último, si es absolutamente necesario, llegará el tiempo del suicidio y de la consecuente gloria. *Todo el mundo en la ciudad es un suicida, es un suicida y es la verdad*, Charly dixit. Pero yo no le presto atención a las divagaciones del escritor. Apenas lo escucho. Lo escucho como quien oye llover. Porque en la cabeza hay música y otros diálogos imaginarios. ¿Con quién entablo los diálogos? No lo sé. Ni siquiera estoy seguro de que sea yo una de las partes del diálogo. La música, por cierto, también es un diálogo —pero no es un diálogo imaginario, la música es un diálogo real entre el silencio y la pureza del sonido—. Pienso en algunas cosas y tengo miedo de otras cosas. Nunca pienso en lo que me da miedo. El miedo se filtra sin pasar por los pensamientos. Las ideas son un filtro al que el miedo le escapa. El miedo es pura intuición. *Intuiciones: verdaderas alertas*, Charly dixit. Hay que estar alerta ante el miedo. De ahí nacen las premoniciones. *Veo la sangre en la pared y no veo mi ser: algo va a caer*, Charly dixit. Tal vez la marihuana afecte mi visión de las cosas. O en la pared del piso hay una mancha de humedad y así las visiones no sean más que productos de la humedad. De cualquier modo, cuando nos invaden las sombras es mejor estar a solas. Las sombras, cuando llegan, son nuestra única compañía. *La sombra llega y no espera, se presenta y no te deja opción*, Charly dixit. El miedo nos hace vaticinar el futuro. Y es mejor que los demás no se enteren de nuestras —fallidas— profecías. Yo no soy Tony Richards. Ni quiero serlo. Es imposible explicarle a Neurus y al escritor mis ideas —y mucho más difícil es contarles acerca de mis fallidas profecías—. El futuro atrasa, así que las profecías siempre son falsas. No hago más que escuchar lo que dicen los otros. En este caso, Neurus y el escritor. En realidad, dejo que hable el escritor. Porque Neurus continúa con el móvil y las fotos, y al escritor no le resulta difícil llevar adelante el peso de la conversación —o, en este caso, del monólogo—. «Marilyn se juntaba con escritores para sentirse inteligente», deduce el escritor y continúa con sus divagues. Se pregunta si Marilyn se hubiera enamorado de él. «Jamás», responde, tajante, Neurus y se pone de pie. El escritor se queda duro con la respuesta de Neurus. No atina a defenderse ni a pedir explicaciones. Neurus tampoco da explicaciones de su respuesta. Simplemente se pone de pie y va hacia la ventana. Se da media vuelta y nos mira. «Los muebles de los pisos de todos mis amigos son iguales», dice Neurus. ¿El motivo del cambio de tema? Es que Neurus, mientras chequeaba las fotografías que sacó en los diferentes pisos que frecuenta, advirtió la coincidencia. Y la coincidencia a Neurus le resultó un hecho que debe ser compartido. De hecho, dice Neurus, él también tiene los mismos muebles. Todos los pisos, el piso. Así siempre nos sentimos en casa. *Todos tenemos hogar*, García dixit. Pero —al menos hoy— no tenemos comida. Y de hecho es bastante dudoso que todos tengamos hogar. *Y todos tienen una casa blanca y todos tienen un poco de amor*, Charly dixit. «Insisto: tenés que conseguir trabajo», repite el escritor. Neurus decide irse. Antes, se lamenta por el final de nuestro camino musical. Sin embargo, Neurus dilata la partida. *Estoy verde, no me dejan salir. No puedo largar. No puedo salir. No puedo sentir amor, ese sentimiento*, Charly dixit. El hombre no se marcha. ¿Tendrá algo más para decir? De cualquier modo, no hay nada más que yo pueda perder. Así que no tengo miedo a lo que pueda decir Neurus. ¿O sí? Aprovecho, entonces, la duda de Neurus para preguntarle por Guadalupe. De todos modos, sospecho la respuesta —el hecho de que ella jamás me haya llamado es una respuesta bastante contundente—. Y, Neurus, efectivamente, evade la respuesta a la pregunta. Desde la noche de la fiesta Neurus no volvió a ver a la mujer de las rastas. Pero él, Neurus, se cruzó con la mujer de las rastas cuando la mujer de las rastas se retiraba de la fiesta y, por lo que dice Neurus —y, sobre todo, por lo que no dice—, Guadalupe no conserva un buen recuerdo de mí. «Es probable que nunca te llame», concluye Neurus y esquiva mi mirada. *Mi nena no me quiere ya más, no necesita amor. Mi nena no me quiere llamar, no necesita cosas para dos*, Charly dixit. «Hay otras cosas más importantes por las que te tendrías que preocupar», vuelve a la carga el escritor y suelta el rollo de la falta de comida y, más que nada, de la falta de ingresos. La disolución de la banda produjo la suspensión de los recitales y, así, sin los recitales no tengo ingresos. Sin ingresos no tengo dinero y sin dinero no hay comida. Es una ecuación simple, escritor. ¿Hace falta que dé mayores explicaciones al respecto? El escritor tiene razón pero no quiero pensar en ello. De cualquier modo, estoy acostumbrado a tener que trabajar de camarero. O de otra cosa. Neurus sale del piso y con Neurus también se va el espíritu pragmático y paternal del escritor. Una y otra vez, el escritor vuelve a contar las historias de Marilyn. Sobre todo, las historias que la chica de las gafas difundió a lo largo de la fiesta. Las historias urbanas necesitan de gente como la chica de las gafas para expandirse y tomar vuelo propio. *¡Taxi!*, Charly dixit. Los taxistas también cumplen esa función. Los taxistas son Ulises biodegradables que siempre tienen a una Penélope a la espera. O, mejor aún, los taxistas son malas imitaciones de Ulises: ellos no quieren volver a la tierra prometida porque en ella Penélope no hace más que tejer y destejer. *Todo el mundo en la ciudad tiene mil vidas, tiene mil vidas y es la verdad. Todo el mundo sabe bien que no hay salida: somos suicidas y es la verdad*, Charly dixit. Es necesario moverse con rapidez para expandir las mil historias que conforman nuestra historia. Es extraño, pero echo en falta la presencia de Neurus. La torpeza y la ansiedad del modelo ante la ausencia del fotógrafo. Mi piso es un decorado. Cuando estoy ansioso tengo que salir a la calle. ¿Y vos, escritor, qué pensás hacer? Ir, seguro, hacia la oscuridad de la noche, la soledad de los cigarrillos y los intentos fallidos de escribir una línea. Nos acosa la línea. *La línea blanca se terminó. No hay señales en tus ojos y estoy llorando en el espejo y no puedo ver*, Charly dixit.

Tengo que salir, volver, desaparecer. Y alguien va a caer, Charly dixit. Quizás sea yo quien caiga. ¿Hacia adónde? Cuando llegue al suelo, me enteraré. Antes, el placer del viaje. *Un amor real es como dormir en aeropuertos*, Charly dixit. La muerte es un viaje. Dicen eso, como si alguien lo supiera.[1] *Tengo los muertos todos aquí. ¿Quién quiere que se los muestre? Unos sin cara, otros de pie: todos muertos para siempre. Elija usted en cuál de todas ellas se puso a pensar*, Charly dixit. De cualquier modo, yo por ahora no quiero viajar. *Morí sin morir y me abracé al dolor*, Charly dixit. O sea, no quiero viajar, pero me dejé morir. Si bien yo no realicé el viaje de la muerte, emprendí un viaje más breve —aunque en estrictos términos temporales sea un viaje mucho más largo—. Quizás algún día vuelva al punto de inicio. Si es que lo encuentro. O, mejor dicho, si es que existe el comienzo del viaje. *Atlantis*, Charly dixit. ¿La tierra prometida? ¡Sea imposible, exija realismo! ¡Basta de realidades, queremos promesas! A veces las ideas tienen espíritu de graffiti. ¿Por qué no imaginar ciudades en donde mis ideas se escriban en todas las paredes, en todas las fachadas de las casas y de los edificios?

---

[1]. ¿Los libros en donde hombres y mujeres cuentan su vuelta de la muerte deben ser considerados literatura de viaje?

Las ideas, entonces, se convierten en estribillos. Los estribillos se repiten en las canciones. Pero —placer de reiterarme— las canciones, en realidad, son siempre la misma. Las canciones, por tanto, se repiten. Todos buscamos la única canción que nos corresponde. No sé quién creó la canción, pero alguien lo hizo. Tal vez, en el fondo, yo sea un creyente. De todos modos, de lo único que estoy seguro es de que cuando hay muchas canciones es porque todavía no encontramos el orden. Porque lo que pensamos que son varias canciones, en realidad, son las diferentes partes de la canción que nos persigue. Es cuestión de ordenar las cosas y así evitar la persecución. *La canción sin fin*, García dixit. ¡Huir siempre hacia delante! Entonces, el estribillo es la repetición de la repetición misma. ¿La repetición al cuadrado? *¿Cuántas veces tendré que morir para ser siempre yo?*, Charly dixit.

«Desde las sombras de la noche las fieras agazapadas nos cuidan. ¿De qué nos cuidan las fieras si la apariencia es de calma? Pues, justamente, la falsedad de la calma esconde el terror de la gente. ¿Qué sucederá? Nadie, exactamente, dirá qué es lo que sucederá y los que sabemos y tenemos las respuestas a las preguntas que nadie quiere hacerse y, sin embargo, nadie deja de hacerse preferimos no arrojar aquellas palabras que vaticinen los hechos. Los profetas tenemos miedo de las verdades y, entonces, nos escudamos en el silencio», dice Tony Richards y La Travesti Lacaniana lo escucha atenta. *Él sabe cómo impresionar caminando como Tarzán. Él es Eva y ella, Adán. Y yo estoy en cualquier planeta,* García dixit. «Los tiempos han cambiado», suspira Tony

Richards. ¿Una queja o simplemente una confesión? La Travesti Lacaniana sonríe y Tony Richards se mantiene inmutable. Los dos hablan y yo, en silencio, los observo. Decir que estoy en silencio es una redundancia. Nunca dejo de notar que estoy callado y que cada vez hablo menos. *No encuentro la magia en mi manera de hablar*, Charly dixit. Y, mientras me doy cuenta de que no digo palabra alguna, comprendo que me han mentido: Tony Richards no viste con túnicas. Al menos, no viste túnica cuando dice llamarse Tony Richards. Quizás Tony Richards vista con túnica durante las fiestas a las que lo invitan. Siempre es Marilyn quien lo invita a las fiestas. De hecho, Tony Richards le debe a Marilyn su fama de oráculo y el nombre de Delfos. En las fiestas él se hace llamar Delfos. Todos le dicen el oráculo. ¿Cómo llamar al oráculo? ¿Tony Richards? ¿Delfos? ¿Simplemente oráculo? El oráculo, dice Tony Richards, no es un mal seudónimo. Aunque le resulte pesada la carga de hacerse llamar el oráculo. Tony Richards hipnotiza a La Travesti Lacaniana, al escritor y a Neurus con su manera de hablar. *Desconfío de tu cara de informado y de tu instinto de supervivencia*, Charly dixit. Neurus, por su parte, está nervioso. Es que Tony Richards no permite que le saquen fotos. Dice que cuando era actor se expuso demasiado a las cámaras y a las fotografías. Es que con las grabaciones y las fotos perdemos parte del alma. Neurus, perplejo. ¿Se siente un ladrón de almas? Al no poder sacar fotos Neurus no sabe qué hacer con su cuerpo. Tampoco sabe hacia adónde mirar. *Y yo estoy con la máquina de mirar, justo en el paraíso para filmar*, Charly dixit. La Travesti Lacaniana le pregunta a Tony Richards acerca del ciego al que cuidaba Teodora. Lo que La Travesti Lacaniana quiere saber es si el ciego fue asesinado o, por el contrario —y como ella sostiene—, si aquel hombre se ha suicidado. No recuerdo el rostro del muerto. No tiene importancia. Quizás ni siquiera lo haya visto nunca en el edificio. ¿Cuántos días llevo sin noticias de Teodora? Tony Richards esquiva la petición de La Travesti y yo miro hacia la calle. *Cayeron los auriculares y los anteojos de carey. La luna baja los telones. Es de noche otra vez,* Charly dixit. En el televisor del bar hay imágenes desoladoras. La gente tiene miedo. En las imágenes hay muertos y destrozos. ¿De qué ciudad se trata? Una ciudad sitiada, una ciudad que está cada vez más cerca. *Presiento que algo va a pasar. Las plumas del pavo real oscurecen hasta el sol,* Charly dixit. La filmación es vieja. O sea, tiene solo unos días. Cada vez se envejece más rápido. Quizás por eso el miedo a la vejez crece día a día. Y en el Istanbul Kebab nadie mira la televisión —ni tampoco la calle—. *Y este mundo te dirá que siempre es mejor mirar a la pared,* Charly dixit. La mayoría se mira en los espejos. Algunos se contemplan y otros, los más torpes, se tropiezan con su propia imagen. Y yo aprovecho para pedir otra caña porque no pagaré la cuenta. Engullo otro kebab y bebo la cerveza. Cansado, me rindo ante la televisión. La televisión sin volumen es la mejor manera de aprovechar la televisión. *Desenchufa el cable del parlante,* Charly dixit. En mi caso, además, es la única manera en la que veo televisión. A los bares a los que voy enciendo la televisión sin volumen —y es por ese motivo por el que elijo esos bares—. Neurus, al igual que yo, tampoco habla. Son las fotografías las que hacen hablar a Neurus. Al no poder tomar fotografías se encuentra perdido. Yo sé que él espera un silencio en la conversación. Cuando se produzca un silencio él nos invitará al vernissage del barrio chino en donde se expondrán sus fotos. Pero no hay silencio porque La Travesti Lacaniana habla hasta por los codos. La Travesti Lacaniana especula acerca de la muerte del ciego. Dice que, según Teodora, al ciego lo mataron sus familiares para quedarse con el piso. Yo me encojo de hombros y pregunto por Teodora. «Está hecha una pena la pobre», dice La Travesti Lacaniana y luego se clausura. No quiere decir más nada acerca de Teodora. ¿Es hora de volver al piso? Será la última vez que vea a Tony Richards. *Están pasando demasiadas cosas raras para que todo pueda seguir tan normal*, Charly dixit. No me muevo hasta que los demás no se van del Istanbul kebab. Una vez en la calle, nos dispersamos. Seguimos diferentes caminos y así nos diluimos entre la multitud. Hace calor. Si bien es de madrugada la temperatura es alta. Siento la ropa pegada al cuerpo y me doy cuenta de que entre la gente hay expectación por lo que pueda suceder. Nadie, en realidad, sabe lo que sucederá. Ni siquiera el oráculo. Ni tampoco nadie sabe qué es lo que espera. *Ya no quiero vivir así, repitiendo las agonías del pasado con los hermanos de mi niñez*, Charly dixit. Entro de nuevo al piso y me tiro en el colchón a oscuras. Enciendo un cigarrito y escucho música. *Yo me hago el muerto para ver quién me llora, para ver quién me ha usado*, Charly dixit.

La patria, más allá de lo que pueda decir La Mujer Que No Hace Preguntas, es el insulto. Sea patriota: insulte. ¿A quién? No importa. La esencia está en las formas. ¿Qué será de La Mujer Que No Hace Preguntas? ¿Habrá afiliado al

Estrecho al círculo de los alumnos de los hoteles belgas? Dicen que en los hoteles belgas se imparten clases sexuales en orgías. El escritor se amedrentó con La Mujer Que No Hace Preguntas. Ella lo rechazó en la fiesta y él decidió seguir con su camino. Al escritor le molestaron las palabras de La Mujer Que No Hace Preguntas. *¿Se lo dijiste, escritor? Quiero decirte que te encargues de tu vida porque yo no soy mejor que vos. Vos no sos mejor que yo*, Charly dixit. El escritor tampoco sabe de ella desde la fiesta. El escritor se vuelve un hombre huraño. ¿Todos estamos enamorados únicamente de nosotros mismos? Las otras maneras del amor son pura caridad.

Teodora, delante de mí, tiembla y La Travesti Lacaniana le toma las manos. Trata de tranquilizarla. Pero no lo logra. La Can, el perro de La Travesti Lacaniana, juega entre las patas de las sillas. Y en el otro rincón de la mesa, el escritor. El escritor todavía no dijo nada. El chico que mezcla idiomas duda. A él se le mezcla la melange que tiene en la cabeza. ¿No sabe qué decir o sabe qué es lo que quiere decir y no se atreve a decirlo? El chico quiere seducir a Teodora desde que la conoció aquel día en el que el ciego murió. Y él ahora está inquieto. Diría, incómodo. Se le notan los celos y la preocupación por lo que Teodora hará. Teodora quiere dejarse seducir por el chico. *Y mientras todo el mundo sigue bailando se ven dos pibes que aún siguen buscando encontrarse por primera vez*, Charly dixit. Pero ella se siente culpable. De cualquier modo, el chico que mezcla idiomas considera que es mejor irse. Así Teodora hablará sin tapujos. Delante de él, ella todavía se contiene. Así que el chico que mezcla palabras se va. Antes, le da un beso a Teodora en la mejilla. Y sale. Ella, apenas sonríe. Luego, se pone todavía peor. *¿Quién te ha visto y quién te ve? Quien te ama te hace daño*, Charly dixit. Y larga el rollo. En realidad, Teodora cuenta la historia para creérsela ella misma. Yo soy una excusa. ¿Un mal necesario? Entonces, Teodora cuenta la historia. *Ella se quedó sin boda ni arroz*, Charly dixit. Desde que murió el ciego Teodora no tiene dinero ni consigue trabajo. Ella la pasa mal en Barcelona, y en Perú su familia está peor. Llegó el ofrecimiento y ella aceptó. ¿Qué otra cosa podría hacer? *No tengo agua caliente en el calefón. No tengo que escribir canciones de amor. ¿No ves que espero resucitar?*, Charly dixit. Ahora tiembla. La manera que encontró para resucitar le produce terror. Ella tiene miedo de ir presa por alquilarle el vientre a un matrimonio. Tiene miedo de que la envíen de nuevo a Perú. O de que no le paguen y sea ella quien tenga que cargar con el crío. O de otras cosas que prefiere ni siquiera imaginar. En Perú todavía no terminó de pagar las deudas. «Son veinte mil euros...», susurra. En la cifra se cifra la razón y La Travesti Lacaniana le toma, una vez más, las manos. *Transas*, Charly dixit. Teodora se entrevistó con la mujer del matrimonio. Al hombre todavía no lo vio. Sin embargo, tendrá que verlo porque el matrimonio no acepta la inseminación artificial. Teodora se acostará con el hombre la cantidad de veces que sea necesaria hasta quedar embarazada. Cada relación sexual será supervisada por la mujer. *Cuando todos van a ver cuándo va a nacer: todo va a caer*, Charly dixit. Teodora llora y dice que lo hará. *Habiendo convivido en esta desolación total, ya no es necesario más*, Charly dixit. Después, bebe un trago de cerveza y pide que la dejen sola. El escritor y yo nos levantamos. La Travesti Lacaniana todavía se queda un rato más. ¿Consolándola? ¿Convenciéndola para que desista? Desde la calle doy un vistazo al bar y a Teodora. *Y no te olvides nunca que yo soy la hija de la lágrima*, Charly dixit. ¿De nuevo al piso? Hoy prefiero evitar el encierro. Y el escritor tampoco quiere volver a su casa. En la calle arremete de nuevo con su espíritu pragmático. Él quiere saber cómo voy con la búsqueda de trabajo. Volveré a ser camarero —una vez más—. ¿Desde cuándo? Mañana por la mañana. *Working in the morning*, Charly dixit. Será duro: no se me da bien la mañana. *Gente trabajando, gente. Máquinas a mi alrededor. Nada puede parar de andar. Nada puede andar peor*, Charly dixit. ¿Y vos, escritor, seguirás con las donaciones de esperma? Él no lo sabe. Tal vez siga mis pasos. Y cuando lo dice ríe. Mejor no hablar de ciertas cosas. La música es ideal para no hablar. Así que, por lo pronto —y a falta de instrumentos musicales a mano—, entramos en una disquería. Tengo que conseguir músicos y armar una nueva banda. Todavía quedan demasiados nombres por usar.[1] Las oleadas musicales no se evaporan. Un chico, entre bateas, habla del telharmonium, la gran invención de Thaddeus Cahill, y la clara influencia que aquel instrumento ejerce al día de hoy en el género tribal y en el deep house. *¿Te acuerdas del Club del Clan y la sonrisa de Joly Land? La música sigue pero a mí me parece igual*, Charly dixit. «Yo también tengo que conseguir trabajo o me quedo en la calle», confiesa el escritor pero no lo escucho. *Un poeta vivía en el último piso de un monoblock. Y en el más alto departamento*

---

1. Algunos nombres de posibles formaciones: Plenóptico, Efecto Ameba y, una de mis preferidas, Expiración Arácnida.

habitaba feliz, Charly dixit. Me colgué los auriculares y apreté play. Silencio. Música.

Tengo mercurio bajo mi piel. Tengo mercurio y ya sé qué hacer, Charly dixit. La cara álgida de la locura circular. *Adrenalina*, Charly dixit. Huir hacia delante. Y, sobre todo, moverse rápido. ¿Cuánto tiempo durará la adrenalina en el cuerpo? *En el fondo vas cambiando y tus ojos van mirando más allá. ¿Cuánto tiempo más llevará?,* Charly dixit. Entonces, cruzo la puerta. A primera vista, ella no aparece. ¿Pregunto por ella? Todavía recuerdo el nombre. ¿Y su rostro? Apenas. De todos modos, estoy seguro que al verla la reconoceré. Si es que la veo. Porque —lo dicho— a primera vista ella no aparece. ¿Qué es lo que realmente busco? Yo y mis contradicciones. Y las contradicciones surgen, al principio, en forma de pregunta. Me siento en una mesa y espero. ¿Esperando la carroza? *Te encontraré una mañana dentro de mi habitación y prepararás la cama para dos,* Charly dixit. De fondo, música. Buena música. Pero ¿alguien esquizofreniza con la música en el bar? No hay signos de la esquizofrenización. Es que la música no es la música de mister Tom Waits. Y justo hoy es necesaria la voz ronca y desesperada de aquel hombre. Es el tiempo de la desesperación de nicotina. Una chica me sirve una clara. La chica es rubia y alta. Tiene acento extranjero. Y no conoce a la chica de la bañera, la chica que susurraba las canciones de mister Tom Waits mientras sus pechos se transparentaban a través de la ropa mojada. ¿Dónde estará la chica de la bañera? ¿Dónde estará el resto de la humanidad, aquellos que no están en este bar? *Andan. Yo no sé si son. Yo no sé si están. Solo sé que andan. Tocan mis dedos y me vienen a cazar. Tocan mi mente y me quieren atrapar*, Charly dixit. Bebo apurado la clara y pido otra. Y también la bebo. Aunque la segunda clara la bebo lentamente. Disfruto y miro alrededor. No quiero salir a la calle. ¿Y al cine? No tengo dinero. ¿Qué hacer? ¿De nuevo la otra cara de la locura circular? *La víctima despierta porque mi ángel se fue tanto tiempo atrás. ¿Por qué mi ángel se fue?*, Charly dixit. Y las horas pasan en el Salambó. Canto canciones de mister Tom Waits. Quizás me echen del bar —¿y de algún otro lado?—. Una vez que llegue a la calle vomitaré. El vómito: mi firma. O quizás nadie se fije en mi presencia y, borracho, salga solo a la calle y recorra la ciudad hasta la cueva. Así evitaría dejar mi firma en este barrio. *Hay un montón de espejos en la feria de la ciudad. Se ríen de los reflejos*, Charly dixit.

disolución

Aunque lo intente no voy a lograr explicárselo. ¿Cómo explicarle a Lucrecia que no lograré explicárselo por más que se lo explique? La explicación de la explicación: tarea imposible. En los últimos tiempos, es difícil encontrar razones valederas para decir algo. Y sumergirse en explicaciones es un trabajo desolador. ¿No te parece, Lucrecia? No, a ella no le parece bien mi política de apoyo incondicional al mutismo. Y lo hace saber. «No hay quien te entienda», suspira y después pronuncia mi nombre.[1] «Hay veces en las que ni siquiera sé quién eres», suelta ella. ¿Es un reproche dirigido hacia a mí o hacia ella? *Yo soy un vicio más. En tu vida soy un vicio más. ¿Por qué no me dejás si es que soy tan solo un vicio? Tu vicio*, Charly dixit. Hay vicios personales que no se dejan ni se traspasan.[2] Hay vicios que nos persiguen —¿al igual que la música? ¿la música es un vicio?—. Eso es precisamente de lo que se trata, Lucrecia. De lo primero que te enamo-

1. Cada vez que Lucrecia pronuncia mi nombre el cuerpo —mi cuerpo— se estremece.
2. *Adoro la teletransportación*, Charly dixit.

raste fue de lo peor de mí y, entonces, cuando conociste el resto, las cosas buenas —si es que hay alguna—, te desenamoraste de vos y de mí al mismo tiempo. Capicce? Pero primero te desenamoraste de vos. Es que vos no soportás el desamor. O, para decírtelo en tu idioma, tú no soportas el desamor, cariño, y mucho menos la desilusión. Y el desamor es una parte del amor —la otra parte es la desilusión—. ¿Entendés? Nos odiamos por amar lo que amamos —¿por qué siempre el amor se vuelve kitsch?—. ¿Cómo voy a saber si ella me entiende si yo no le digo nada? Pero cualquier cosa que le diga tampoco la va a entender. Así que es mejor encogerse de hombros. *Es tu ley hacerme sentir culpable*, Charly dixit. «¿Y el trabajo? ¿Cómo lo llevas?», pregunta. Da rodeos. Al principio fue al ataque. Pero ahora se contiene y habla de otros temas. Porque a Lucrecia no es que le interese cómo llevo el trabajo de camarero. En todo caso, ella sabe que odio tener que trabajar de camarero y sabe que el Estrecho y Neurus ya no tocan conmigo —y creo que ellos ya no tocan a más nadie; o, mejor dicho, Neurus solo toca el botón de su móvil para sacar fotos y el Estrecho procura aprender a tocar a su novia tocándose con el porno de Europa del Este—. Vivo en la esquizofrenización solitaria. Y en mi cabeza, como siempre, hay música. *Música es lo que me das*, Charly dixit. Así es: mi cabeza solo me da música. No es poco. Por el contrario, es demasiado. ¿De qué manera sacar toda la música de mi cabeza y llevarla a los instrumentos, a las voces, a los otros? Imposible. Ergo, vivo siempre al borde de explotar. En realidad, muchas veces exploto. Es la música de la esquizofrenización. Y la esquizofrenización es un látigo —la mayoría de las veces el látigo me golpea a mí—. Ella, en realidad, quiere saber otras cosas por las que no se anima a preguntar. Ni el trabajo ni la esquizofrenización le interesan tanto. Pero Lucrecia todavía no se atreve a hablar del asunto —o sea, de «nosotros»—. O, mejor dicho, no se atreve a seguir con el tema que le interesa. Se le nota en la mirada. La mirada de Lucrecia habla. *Ya no te pienso esperar por siempre porque el mercurio lo tengo aquí. No me digás más palabras, nene, ya me voy de aquí,* Charly dixit. ¿Al final te vas? ¿Abandonás la ciudad al igual que tu amiga Nancy? Lucrecia no lo sabe. Las cosas han cambiado tanto. «Ya no eres el mismo. Ya no soy la misma», dice. Es cierto, ya no soy el mismo. La esquizofrenización lleva al cambio constante. *Constant concept,* Charly dixit. ¿Dejé a un lado la fuerza para aliarme a la caridad? No tengo idea. Es mejor no pensar en ciertas cosas. Entonces, ¿vamos a mi cueva? Y con la pregunta dejo a un lado la caridad para reivindicar mi fuerza. «No, mejor demos un paseo por la ciudad», dice Lucrecia y sonríe. Se defiende con la risa. Lo sé. Porque, Lucrecia, lo sabés, las ex parejas —y creo que nosotros somos una ex pareja— cuando se juntan practican perfectos nanays bien ricos —y también, todo hay que decirlo, un poco culpógenos—.[1] Yo vuelvo a la carga con la idea de pasar la noche en la cueva. Ella esquiva el compromiso —y mi insistencia— y se rinde a la ciudad de noche. ¿Y yo? La sigo. ¿Qué otra cosa podría hacer? *Adonde vas ya fui. Adonde estás yo voy,* Charly dixit. Así que, Lucrecia, te acompaño y me

---

1. ¿Se habrá enterado Lucrecia de mi affaire con la bella y cruel Lady G? O, mejor dicho, ¿existirá la posibilidad de que Lucrecia no se haya enterado de mi desliz con la mujer cruel?

vuelvo testigo de tu hundimiento. De cualquier modo, después saldrás a flote. ¿Qué otra cosa puedo hacer si la noche está encantadora y al lado mío se mueve Lucrecia? Esta noche no dormiré aunque mañana tenga que entrar temprano al trabajo —de camarero, se entiende—. En las ramblas, la misma gente rara de siempre —que al estar siempre por las ramblas deja de ser rara—. *Mutilado, desnutrido, deformado, ojo de vidrio muestra su cicatriz. Marineros, maricones, embolsados, bailan la danza de la inteligencia,* Charly dixit. Silencio entre los dos. Algunos gestos. *Película sordomuda,* García dixit. Los gestos se repiten. Hemos perdido la espontaneidad. ¿Cómo recuperarla? *Es inútil descubrir un poema donde no quedó nada. Es inútil esconder tu mirada cerca de mi ilusión,* Charly dixit. ¿Todavía queda algo? Miro a Lucrecia y ella evita mi mirada. Enciende un cigarrillo. Hay veces en las que me sobreestimo —y otras veces en las que ella fuma—. No encuentro la manera de evitar la sobreestimación cuando cargo con la esquizofrenización en la mente. Lucrecia suele decir que me sobreestimo. Ella dice, más precisamente, que soy soberbio. A mí no me importa. ¿Por qué habría de importarme? *When the time is right (and you know it too) what matters if they say you play the fool,* Charly dixit. Un vagabundo nos cruza junto a su perro y su flauta. Dos estatuas vivientes se sientan y se quitan el maquillaje una a la otra mientras un turista alemán se acomoda para que el dibujante lo retrate de la mejor manera. Una adolescente se esconde de la policía y cuando la policía desaparece vuelve a mostrar su cuerpo semidesnudo a posibles clientes. El decorado no varía en esta zona de la ciudad. *Todo el mundo nos conoce por la cara. Todo el mundo se da cuenta por la forma de bailar,* Charly dixit. Los viajeros, el viajero. O, para ser más preciso, los turistas, el turista. Los turistas y los otros —¿el decorado propio para ser contemplado por los turistas?—. ¿Y nosotros dos? ¿Qué hacemos en las ramblas que no bordean el mar? «Hace mucho que no venía por aquí», dice Lucrecia. Cuando recién llegó a Barcelona, dice Lucrecia, no había día en el que ella no viniera a las ramblas. Pero ahora ya no. Nada es igual. *Serpentina de carnaval. Cuando los días buenos pasen,* Charly dixit. Entonces, ella suelta que su vida se aleja y que ella la ve alejarse sin saber qué hacer. ¿Hacia adónde se va la vida de Lucrecia? ¿Y ella? *El tractor avanza,* Charly dixit. Nancy, la amiga, volvió a su país y entonces Lucrecia tiene que afrontar sola los gastos del alquiler. Está buscando alguien con quien compartir el piso. A mí, ya te dije, no me mires. Pero ella hoy, justamente, me buscó para mirarme cuando dice que se siente sola en la ciudad y que siente que ya no conoce a nadie. De mi parte, las mismas dudas. *Tómalo con calma. La cosa es así. Ya se hace de noche. Me tengo que ir,* Charly dixit. Pero no tengo que irme a ningún lado. Me quedo. «Hoy quiero ver el mar. Y charlar contigo. ¿Es tan difícil?» No. En absoluto. Te sigo. *Yo no voy a correr ni a escapar de mi destino,* Charly dixit. Yo ya ni sé en lo que pienso. Aunque sé que los miedos no pasan por el pensamiento. Las ideas —placer de reiterarme— no filtran a los miedos —a veces, simplemente, las ideas se dedican a los peligros—. Antes de la playa, una parada técnica. Pura arbitrariedad de mi parte. Pero es mejor apretar el botón de pausa y Lucrecia lo entiende. Ella tampoco quiere moverse tan rápido. Que todo se congele. Entramos a un bar oscuro en donde los chicos y las chicas beben y bailan. El volumen de la música no me permite escuchar nada. Solo veo los labios rojos de Lucrecia que se mueven. Ella susurra. Está relajada y hace preguntas —que yo apenas escucho y que despacho con respuestas breves porque me gusta cuando ella mueve los labios rojos y, entonces, cuando yo hablo ella no mueve los labios rojos, así que, una vez más, es mejor mantener la boca cerrada y esperar a que ella vuelva a mover los labios rojos, labios que nunca deberían dejar de moverse—. No encuentro sonidos para insertar en el silencio —el silencio constante, obvio—. Y así el silencio apabulla. Desespero. Y en la desesperación tampoco se encuentran palabras. Yo también, Lucrecia, veo tu vida alejándose hacia un lado y, hacia el otro lado, te veo a vos. ¿Y yo? *Llorando en el espejo y no puedo ver: a un hábil jugador, trascendental actor, en busca de aquel papel que desintegra con un blues esta oscura prisión,* Charly dixit. Hoy no tengo blues que disuelva la distancia que me separa del resto del mundo. Así que, mejor, salgamos de nuevo a la calle. Al lado mío, ella. Apura el tranco y no dice nada. Pero yo sé que piensa y repite en su cabeza la misma frase de siempre: «No te entiendo, ya no te entiendo, y te quiero entender, pero no te entiendo». Y después, una y otra vez, sin parar, repite mi nombre. Hay que cuidarse de comprender. No se lo digo a Lucrecia. Por el contrario, le cuento las palabras del oráculo y las historias de Marilyn. Pero evito contarle de Teodora. Ella simplemente escucha y sigue mis pasos. El silencio de Lucrecia no es un buen signo. Y si es un mal signo tampoco sé de qué es signo. *Algo ha cambiado. Para mí no es extraño. Debo confiar en mí. Lo tengo que saber. Pero es muy difícil ver si algo controla mi ser,* Charly dixit. ¿Acaso alguien sabe quién o qué controla su propio ser? Lo cierto es que no es uno mismo quien lleva el control. Tampoco lo sabe Lucrecia —sigue en silencio—. Está a punto de llorar —y ella hoy llora en silencio—.[1] *No llores, nena, que no es la muerte,* Charly dixit. La escena es repetida. La incomodidad que provoca también. *Pequeñas delicias de la vida conyugal,* Charly dixit ¿Por qué es raro si no es la primera vez que sucede? *Vendrá la luna por la mañana y tal vez todo termine en nada,* García dixit. Y así Lucrecia se calma y dice que nos apuremos, que quiere llegar a la playa lo antes posible. *Si este dolor durara por siempre, no digas nada, vete de aquí. Porque yo voy donde nunca estoy, donde nunca fui,* Charly dixit. Nunca supe si el dolor, al igual que el silencio, es constante. Aunque, si lo pienso bien, el dolor es constante. Siempre hay más dolor. Siempre hay más silencio. Es curioso, ¿cómo puede haber más silencio y más dolor si el silencio y el dolor son constantes? De nuevo, la dicotomía entre lo efímero y lo constante. La locura circular nos persigue y yo me rindo ante ella. Tengo que transmitir la música que hay en mi cabeza si no reviento. De cualquier manera, voy a reventar. El látigo de la esquizofrenización —placer de reiterarme— cae sobre mí. No hay escapatoria. Pero vos, Lucrecia, de todos modos, y aunque el dolor sea constante, todavía no te vayas. Hoy no tengo fuerzas para echarte —además estamos en plena calle, camino a la playa, y es imposible que pueda echarte de la calle—. Ni tampoco tengo fuerzas para quedarme solo. De pronto, Lucrecia parece feliz. Camina a paso ligero y con una sonrisa. Las fluctuaciones del humor son cada vez más caprichosas y más frecuentes. ¿A vos tam-

1. ¿El silencio es contagioso?

bién te acosan los mismos fantasmas inesperados? Ahora Lucrecia está del otro lado, del lado de la luz. ¿Por cuánto tiempo? Nadie lo sabe nunca. Ella misma dice que está mejor y que no sabe por qué está mejor. Quizás porque hayamos perdido las ilusiones. Quizás porque sabe que alguna vez estará peor. Las ilusiones perdidas son un peso menos que cargar. *Cuando el mundo tira para abajo es mejor no estar atado a nada*, Charly dixit. Por lo pronto, sigo sus pasos. Aunque no sé con certeza hacia adónde quiere ir. Pero no voy a dar marcha atrás. *El tractor avanza*, Charly dixit. Tal vez ella tampoco sepa a ciencia cierta en qué rincón de la ciudad quiera esconderse. O quizás ella no quiera esconderse sino reencontrar lo que se perdió. Y lo que se pierde no se encuentra. A lo mejor, ella busca una palabra. ¿Una sola palabra? Playa. Otra palabra: arena. Y otra más: noche. Y otra: luna. Y otra: olas. Hasta una frase: mojar los pies en el mar y después caminar descalzo. Una y otra vez repetimos las mismas palabras, las mismas frases. Ad infinitum de palabras y de frases. Las palabras y las frases se vuelven constantes. Pero las palabras y las frases son sonidos y los sonidos son lo que irrumpe en el silencio —lo constante—. Y lo que irrumpe no es constante. El silencio, entonces, son las palabras. Por eso es mejor estar callado. Placer de reiterarme: *el silencio tiene acción: el más cuerdo es el más delirante*, Charly dixit. Los demás no lo entienden porque no vuelan —o sea, no esquizofrenizan—. No lo entienden porque ellos en la cabeza tienen palabras y frases. En cambio, yo tengo música. Remember? *Música es lo que das*, Charly dixit. ¿Cómo transmitir toda la música? Hay que cambiar la manera de transmitir los mensajes. *Somos como peces que están fuera del mar, fuimos tantas veces hacia el mismo lugar. Todo el mundo quiere olvidar*, Charly dixit. Pero yo no quiero olvidar —sólo llegar a la playa—. Lucrecia sabe y no sabe lo que yo pienso. Ella tampoco quiere olvidar, aunque no pueda evitar el olvido. ¿Hacia adónde quiero ir? ¿Yo también busco un escondite o un reencuentro? *Quiero estar en la playa cuando se han ido los que tapan toda la arena con celofán*, Charly dixit. Y el celofán se extiende cada vez más. ¿Todo será cubierto por el celofán? Recuerdo las imágenes desoladoras de la televisión. Nadie sabe qué sucederá. ¿Quién se atreve a imaginarlo? Ni siquiera se sabe adónde sucederá lo que sucederá. *Lo que vendrá*, Charly. *¿Será como yo lo imagino o será un mundo feliz?*, Charly dixit. Ni siquiera Tony Richards —ni cualquier otro oráculo— se atreve a decir la verdad. Las verdades queman —¿al igual que la tierra?—. Pero la arena no quema porque es de noche. Sobre la arena no hay casi nadie. Una pareja, a lo lejos, camina. Se pierde en la línea del horizonte y nosotros dos nos sentamos. Las piernas flexionadas y los brazos abrazando las piernas. Uno al lado del otro. ¿La abrazo? ¿La beso? ¿Le propongo hacer nanay rico aquí mismo? Lucrecia sonríe y arma un porro. «Quería estar aquí, contigo», dice y fuma. *¿Por qué tenemos que ir tan lejos para estar acá?*, Charly dixit. Clavo los ojos en las olas. Ella contiene el humo. Juega con el cigarrito entre los dedos y luego me lo pasa. «Ya nada es lo mismo: ni tú ni yo ni la ciudad ni mi propia ciudad», dice y cuenta el regreso de Nancy a su país. Idas y vueltas. Vueltas e idas. *Y un barco viejo cruzando el mar de Sudamérica a Europa sobre un espejo lleno de sal*, Charly dixit. ¿Y vos, Lucrecia? ¿También te vas? «A veces pienso que me voy a ir. A veces pienso que me voy a quedar. Pero tengo la sensación de que siempre voy a estar atada a un lugar que no sé cuál es.» *Nos quedamos por tener fe. Nos fuimos por amar. Ganamos algo y algo se fue. Algunos hijos son padres y algunas huellas ya son la piel*, Charly dixit. «Pasó demasiado tiempo desde que llegamos», dice Lucrecia. Mi ciudad no es mi ciudad. La ciudad de Lucrecia no es la ciudad de Lucrecia y Barcelona no es Barcelona. Y, a la vez, mi ciudad es mi ciudad, la ciudad de Lucrecia es la ciudad de Lucrecia y Barcelona es Barcelona. El tiempo traiciona. El tiempo, además, cambia a las ciudades. Nosotros, Lucrecia, también cambiamos con el tiempo. Lo único que no varía es el mar. Se trata siempre del mismo mar que bordea la ciudad que cambia. *Mientras miro las nuevas olas yo ya soy parte del mar*, Charly dixit. Así nosotros nos mezclamos con lo constante. Vivimos entre el disfraz del camuflaje y el desgarro. Que se note y que no se note. *Huellas en el mar, sangre en nuestro hogar*, Charly dixit. All you need is love? Mentira. Necesitamos otras cosas. «¿Y tú qué piensas que pasará?» Que no hay manera de no perder algo que no tenemos. O que tendríamos que vivir en el medio del mar. *Quiero quemar de a poco las velas de los barcos anclados en mares helados*, Charly dixit. La temperatura baja y el viento sopla. El verano termina. Lucrecia susurra una canción. Y yo le doy una calada al porro. «¿Volverás?» La pregunta que se repite. ¿Adónde tendría que volver? *Lejos, lejos de casa, no tengo nadie que me acompañe a ver la mañana. Y que me de una inyección a tiempo, antes de que se me pudra el corazón. Y caliente estos huesos fríos, nena*, Charly dixit. ¿Cuál es mi casa? No voy a escribir un tango. «¿Tienes frío?», pregunta. Silencio, así puedo pensar en música. Sí, se termina el verano. *Chau, loco, este tema se va en fade*, Charly dixit. Lucrecia se pone de pie y camina hacia el mar. Está descalza. Yo me descalzo y veo las piernas de Lucrecia. Detrás de mí, las luces de la ciudad. Adelante, el mar y Lucrecia. Ella se da media vuelta. Entreveo la cara de ella gracias a la tibia luz de la luna. *Este invierno fue malo y creo que olvidé mi sombra en un subterráneo. Y tus piernas cada vez más largas saben que no puedo volver atrás. La ciudad se nos mea de risa, nena,* Charly dixit. Creo que sonríe. *Say no more.*

índice

Para la composición del texto se han utilizado tipos
de la familia Janson, a cuerpo 12 sobre 14.
Esta fuente, caracterizada por su claridad,
belleza intrínseca y vigor, recibió su nombre
del tallador de punzones holandés
Anton Janson, pero fue tallada
por el húngaro Nicholas Kis en 1690.